DRÔLES D'**AVENTURES**

Alerte à la marée noire

auteur
Nathalie Daladier

illustrateur
Gilbert Maurel

Gallimard Jeunesse

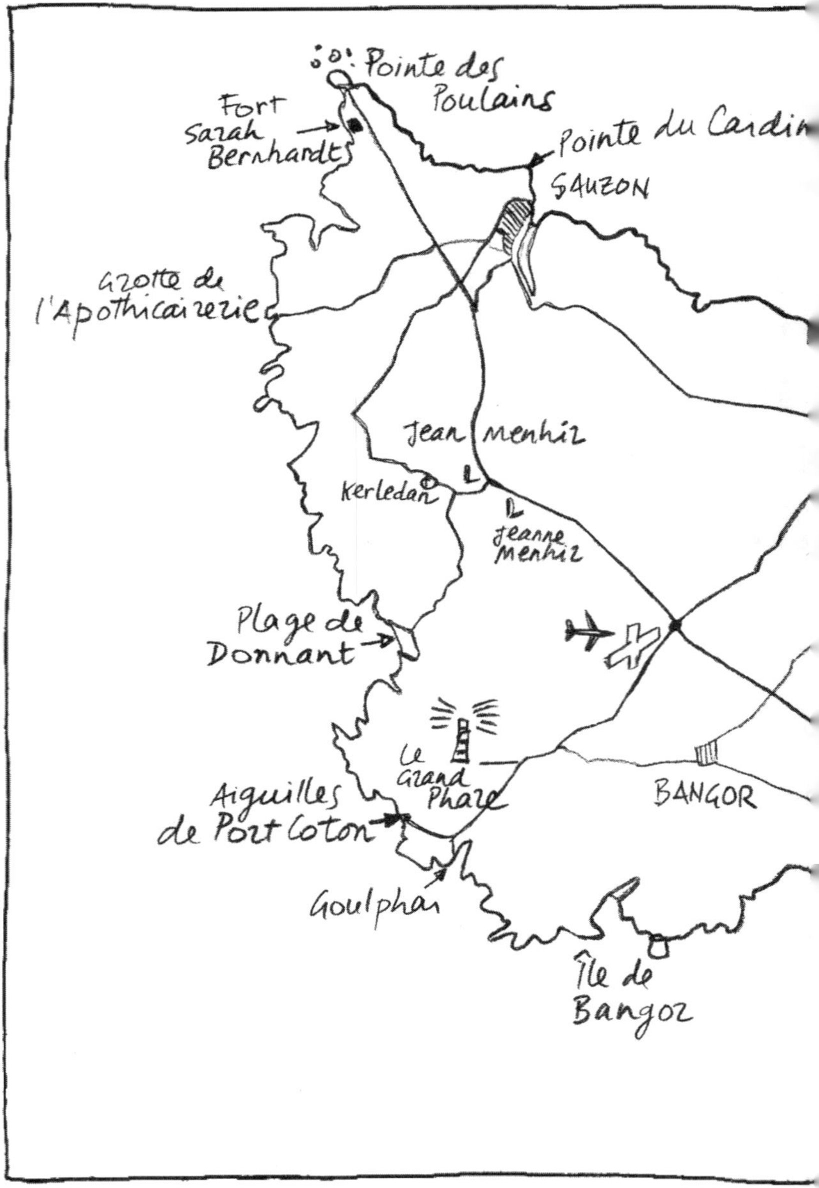
Pointe des Poulains
Fort Sarah Bernhardts
Pointe du Cardin
SAUZON
Grotte de l'Apothicairerie
Jean Menhir
Kerledan
Jeanne Menhir
Plage de Donnant
Le Grand Phare
BANGOR
Aiguilles de Port Coton
Goulphar
Île de Bangor

Belle-Île, avec ses 80 kilomètres de périmètre et ses 9 kilomètres de large, est la plus grande des îles bretonnes. Elle s'élève à 71 mètres au-dessus du niveau de la mer. La côte Est, tournée vers le continent, s'incline doucement vers l'eau tandis que la côte Ouest est bordée de grandes falaises de schiste gris. Du temps des Gaulois, l'île s'appelait Vindilis; en breton, elle devint Guédel, puis en français, Belle-Île. Louis XIV la fit fortifier par Vauban. Elle tomba pourtant aux mains des Anglais en 1761 qui la rendirent à la France contre l'île de Minorque. En 1765, soixante-dix-huit familles acadiennes, expulsées du Canada devenu anglais, vinrent s'y réfugier et s'intégrèrent à la population de l'île. Aujourd'hui, les quatre mille habitants de l'île se répartissent dans quatre communes : Le Palais, Bangor, Locmaria et Sauzon.

À Roland et Germain Rozo,
aux ligneurs de Bretagne,
et à Niels

Chapitre 1

Adieu Prévert !

Guillaume Kérel monta quatre à quatre les marches de l'escalier qui mène au dortoir du collège Jacques-Prévert et poussa la porte :

– Dépêche-toi Élie ! Tu veux rater le car ? Il est 5 heures !

Assis sur son lit, Élie fourrait dans son sac de sport le linge sale de la semaine. Le car de ramassage scolaire n'attendrait pas, il devait assurer la correspondance avec le ferry de Quiberon qui ramenait chez eux les pensionnaires originaires de Belle-Île, comme lui.

– Je me suis fais mal au genou, au foot, et j'ai dû passer à l'infirmerie.

– Passe, je vais dire au chauffeur de t'attendre !

Guillaume attrapa le sac de sport et fonça dans l'escalier.

Élie le suivit en s'agrippant à la rampe pour éviter de plier sa jambe gauche. En six mois, ses baskets étaient passées du trente-neuf au quarante et un, ses jeans lui arrivaient au-dessus des chevilles. Tout son corps s'allongeait, sauf ses articulations. Et c'était parce qu'il était bien trop raide qu'il s'était blessé en jouant au foot.

– Si tu ne fais pas les exercices d'assouplissement que je t'ai montrés, il va falloir que tu arrêtes le foot pour la saison, avait déclaré son entraîneur. Or le foot c'était ce qui permettait à Élie de supporter l'internat et c'était grâce à lui qu'il s'était fait un ami, Guillaume.

Les deux garçons avaient une autre passion commune, la mer. Le père de Guillaume, Jean Kérel, était pêcheur à Quiberon, c'était un de ces derniers ligneurs qui ne pêchent qu'à la ligne sur leur petit bateau et qui vivent au rythme des marées et des saisons. Quand Guillaume avait eu onze ans, son père l'avait envoyé au collège Jacques-Prévert. Il en

connaissait donc parfaitement la vie et les usages et, lorsque Élie y était arrivé, au début de l'année, sa timidité et sa tristesse lui avaient rappelé ses propres débuts ; alors il avait décidé de le faire profiter de son expérience.

– Sois zen ! répétait-il sans cesse à Élie qui multipliait les heures de colle en exaspérant madame Constant, son professeur de français-latin. Respire ! Et Guillaume mimait un yogi assis en tailleur, les majeurs appuyés sur les pouces.

En un trimestre, Élie avait fait quelques progrès en zénitude, beaucoup en foot et il s'était fait définitivement virer du cours de latin.

Madame Constant ne pouvait plus supporter les fous rires que déclenchaient les réponses d'Élie parmi ses voisins. Deux jours avant les vacances de Pâques, Élie avait rendu une copie blanche au contrôle. Rien, pas la moindre idiotie habituelle, il ne prenait même plus la peine de faire semblant. C'en était trop, madame Constant avait craqué.

– Trois heures de colle, mercredi après-midi, pendant lesquelles tu réviseras la grammaire et les exercices du trimestre. Je viendrai à 17 heures dans cette salle te faire passer un nouveau contrôle. Si tu n'as pas la moyenne, je ne veux plus de toi à mon cours !

Mais ce mercredi-là, les minimes de Vannes affrontaient ceux de Lorient. Élie était avant-centre. Il avait essayé d'expliquer à madame Constant qu'il ne pouvait pas abandonner son équipe. Le professeur était demeuré intraitable :

– Si cette rencontre est décisive, tant pis pour toi. Je t'attends à 17 heures dans cette salle, tu referas ton contrôle sous mes yeux !

Madame Constant avait attendu Élie jusqu'à 17 heures 10. Puis, inquiète, elle était passée voir s'il était toujours à l'étude. On ne l'y avait pas vu de l'après-midi ! Alors, exaspérée, elle était allée frapper à la porte du proviseur et lui avait annoncé qu'elle ne voulait plus jamais voir Élie en latin. À l'exclusion, le proviseur avait jugé bon d'ajouter un avertissement pour mauvais comportement.

Élie se hissa enfin dans le car sous les huées des premières et des terminales massées au fond du car. Les vacances de Pâques venaient de commencer et ils avaient hâte d'en profiter.

– Alors, Élie, tu joues les prolongations !

L'excitation était à son comble :

– Dépêche-toi, Ronaldo, ta baby-sitter craque !

Cramoisi, Élie avança le plus vite possible dans l'allée centrale, à la recherche de Guillaume. Il finit par le découvrir caché derrière le journal *Ouest France* qu'il avait déployé devant lui. En s'asseyant à la place qu'il lui avait gardée, il glissa un œil sur la page que lisait Guillaume.

– C'est quoi, ce schéma ?

– Le projet de pompage de l'*Érika*.

– Tu m'expliques ?

– Lâche-moi, j'ai pas fini.

Vexé, Élie sortit de son sac à dos sa game-boy et y glissa son nouveau jeu « Pokémon ».

Le car roulait maintenant en pleine campagne. Au fur et à mesure qu'on approchait de la mer, le jaune vif des ajoncs envahissait les sous-bois, les talus, et se mêlait aux genêts pour fleurir les bas-côtés de la route. C'était le printemps, et le ciel qui virait sans cesse du bleu au gris était bien un ciel d'avril.

– Ça te dirait de venir pêcher sur le *Scarbo*, lundi, s'il fait beau ? demanda soudain Guillaume.

– Super ! répondit Élie en éteignant sa game-boy.

– On ira à la pointe des Poulains.

– Je croyais que ton père n'y allait plus depuis la marée noire ?

– Ce n'était pas à cause de la marée noire, mais du mauvais temps. On y retourne la semaine prochaine, comme tous les ans en cette saison.

– Tu crois qu'on prendra du bar ?

Guillaume ne répondit pas.

– Il n'y en a plus ? Ils ont été détruits par le fioul ?

– On n'en sait rien et les autres ligneurs qui, comme nous, pêchent tout près des côtes, n'en savent rien non plus.

Élie ne posa plus de question, il savait que le sort du *Scarbo* se jouait dans les mois qui venaient. S'il n'arrivait pas à faire une saison correcte, le père de Guillaume devrait abandonner la pêche, vendre son bateau et chercher du travail dans la marine marchande.

Le métier de ligneur était déjà bien fragile, avant même que le pétrolier ne fasse naufrage et que sa cargaison ravage les côtes de Bretagne Sud. Le poisson se faisait de plus en plus rare, et depuis quelques années le bar d'élevage gagnait du terrain sur l'étalage des poissonniers. Bien sûr, sa chair n'avait rien à voir avec celle d'un vrai bar, mais son prix non plus. Alors Jean Kérel et les autres ligneurs s'étaient regroupés dans une petite association, « Les ligneurs de la pointe de Bretagne », afin d'obtenir pour leur poisson le label « bar de ligne » qui permettait de le distinguer des autres bars et de le vendre plus cher. Depuis, le bar, le roi des poissons, se vendait bien sur toutes les criées, les marchés professionnels, de la région.

Mais, en décembre dernier, la marée noire s'était abattue sur leur zone de pêche. C'était une catastrophe écologique comme on n'en avait encore jamais connue en Bretagne. Certes, tout le monde se souvenait encore du naufrage d'un autre pétrolier, l'*Amoco Cadiz*, en 1978, dont la cargaison, 220 000 tonnes de pétrole, s'était déversée sur la Bretagne.

Mais cette marée noire, dont l'ampleur était pourtant dix fois supérieure, avait été beaucoup moins grave pour l'environnement, car le pétrole est un produit pur et non pas un résidu très toxique et difficilement dégradable comme le fioul de l'*Érika*.

Le mercredi 8 décembre 1999, l'*Érika*, un pétrolier maltais de 184 mètres de long, affrété par le groupe pétrolier Total Fina, avait chargé, à Dunkerque, 31 000 tonnes de fioul lourd. Cette cargaison devait être livrée en Italie comme combustible pour une centrale.

Le samedi 11 décembre, l'*Érika* se dirigeait vers le golfe de Gascogne quand, en fin d'après-midi, le capitaine Mathur, qui commandait le bateau, s'aperçut que la coque du navire se fissurait. Il demanda alors l'autorisation de s'abriter dans le port de Saint-Nazaire, mais sa cargaison représentait un tel danger pour l'estuaire de la Loire que les autorités du port refusèrent. Le pétrolier était condamné à poursuivre sa route, coûte que coûte.

Mais le lendemain matin, comme l'*Érika* menaçait de s'ouvrir en deux, le capitaine lança un appel de détresse pour que les vingt-six hommes d'équipage soient évacués au plus vite. La Marine nationale dépêcha un hélicoptère et deux remorqueurs vers le bateau en perdition. L'équipage fut hélitreuillé avant que l'*Érika* ne se brise. Pourtant, lorsque les remorqueurs parvinrent sur les lieux, il était trop tard. Le pétrolier s'était rompu et la violence de la tempête était telle qu'ils ne purent remorquer les deux parties du bateau vers le large avant qu'elles ne coulent.

Désormais l'*Érika* gisait par 120 mètres de fond à 70 kilomètres au large de Penmarc'h dans le Finistère. Ses soutes renfermaient encore 26000 tonnes de fioul lourd.

Les 15000 tonnes de fioul qui s'étaient répandues sur l'océan formaient une immense plaque d'un ignoble chewing-gum marron. Il ne coulait pas et ne se dissolvait pas au contact de l'eau. Le 26 décembre, alors qu'une nouvelle tempête, pire que la précédente, s'était levée et que tout le monde attendait la marée noire en Vendée, celle-ci avait frappé Belle-Île de plein fouet. Pendant deux jours, coupés du continent, les habitants de l'île avaient lutté sans aucun matériel autre que leurs mains et leurs pelles, contre les tonnes de mazout qui s'étaient déversées sur leurs côtes. Comble de malchance, c'était l'époque des grandes marées et le fioul, poussé par les vagues, s'était

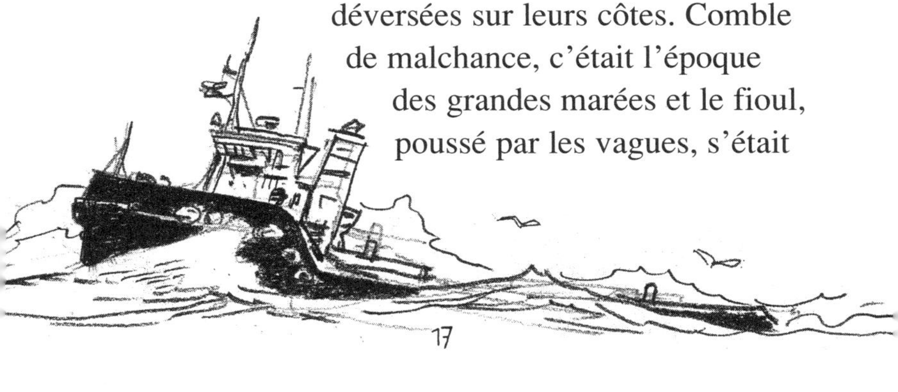

répandu au plus profond des baies et des criques et jusqu'à une hauteur de dix mètres sur les falaises. Les pêcheurs avaient dû cesser toute activité en attendant que les côtes fussent dégagées.

À présent que le printemps était de retour, tous les ligneurs se demandaient ce qu'il était advenu des jeunes bars qui n'avaient pas encore l'habitude, comme leurs aînés, de migrer vers d'autres côtes. Ils voulaient savoir si les œufs et les alevins avaient été détruits dans la nappe de fioul et ils attendaient avec impatience de pouvoir reprendre la mer.

Mais, une fois de plus, la météo était contre eux : depuis deux semaines, le temps était si froid et si venteux que les bateaux ne pouvaient quitter les ports. Et Jean Kérel, de plus en plus inquiet, regardait la saison avancer, bien décidé à gagner la pointe des Poulains dès qu'une éclaircie s'annoncerait.

– Des surfeurs ! s'écria Élie.

Chapitre 2

À bord du «Vindilis»

Le car s'était engagé sur l'isthme qui relie les deux parties de la presqu'île de Quiberon, de la largeur de la route. À gauche, s'étendaient les eaux calmes du golfe du Morbihan. À droite, du côté de l'océan, les rouleaux de la baie de Penthièvre déferlaient sur une immense plage de sable clair.

– Ils peuvent nous dire merci, dit Guillaume,

on n'a pas arrêté depuis décembre, toutes les vacances de Noël et toutes celles de février y sont passées. Sans nous la baie de Penthièvre serait encore couleur de merde. Et puant pire que de la merde !

– Arrête !

Au souvenir de l'odeur du fioul et des carcasses d'oiseaux qu'il avait charriées dans des seaux, Élie avait envie de vomir.

– Le vent de nord-ouest ne tombe toujours pas, constata Guillaume en regardant les îlots battus par de grosses lames à la sortie de la baie. C'est là que par beau temps le *Scarbo* mouillait en été pour pêcher le bar à la canne.

– Alors qu'est-ce qu'il raconte ton journal ? demanda Élie pour lui changer les idées. Tu as compris comment on allait vider l'épave ?

– Il va falloir commencer par dissoudre le fioul lourd avec de l'essence de colza. Tiens, regarde le schéma.

Guillaume eut à peine le temps de finir son explication que le car s'arrêta. Port Maria, terminus. Quand il aperçut son père sur le trottoir, son visage s'illumina d'un grand sourire. Il descendit rapidement du car. Comme chaque fois qu'il les voyait ensemble, Élie fut frappé par la ressemblance du père et du fils. Même taille, moyenne, mêmes yeux bleus, même sourire. Mais si le visage de Guillaume était encore celui d'un enfant, le visage de Jean était celui d'un homme de

cinquante ans qui avait toujours vécu sur l'eau. La peau halée était marquée autour des yeux d'un faisceau de petites rides. Ses cheveux bruns, qui blanchissaient autour du visage, avaient été décolorés par le soleil.

– Si le vent se calme et que tes parents sont d'accord, dit Jean Kérel en tendant son sac à Élie, je viendrai te chercher à Sauzon lundi matin. La marée sera haute à 7 heures, attends-moi au Café du Phare. Prends un ciré, il fait froid sur l'eau. Salut !

– Salut !

Un coup de sirène et le ferry le *Vindilis* largua les amarres. Élie monta sur le pont supérieur. Il regarda en direction de la criée dont le bâtiment se dresse tout près de l'eau, à gauche de la gare maritime. C'est là que mouillent les énormes chalutiers équipés de filets pélagiques, les petits chalutiers et les bateaux des ligneurs.

Soudain, il aperçut le *Scarbo*, blanc avec une bande bleu marine peinte sur l'étrave, et son étroite cabine à l'arrière. Un joli bateau de 8 mètres, facile à manœuvrer. Pourvu que la météo s'améliore, se dit Élie en remontant le col de son blouson. Le vent du nord glacial lui gelait déjà les oreilles.

Dès qu'il sortit du port, le *Vindilis* se mit à tanguer lourdement.

– Ça bouge toujours autant ? demanda à Élie un jeune homme vêtu de la parka bleu nuit des sapeurs pompiers, barrée d'une bande argentée à hauteur de la poitrine et d'une bande orange fluo à mi-cuisse.

– Seulement quand il y a du vent, répondit Élie en écartant les jambes pour maintenir son équilibre. Et ça pourrait être pire. Quand c'est vraiment la tempête, le bateau ne passe plus. En décembre, on est resté bloqué trois jours.

– Vous avez perdu beaucoup d'arbres ?

– Des arbres, non, pourquoi ?

– Vous n'avez pas de forêts ?

– Non, il n'y en a pas, répondit Élie interloqué, mais vous venez d'où ?

– De Corsieux, dans les Vosges, près de Saint-Dié. Avant la tempête, c'était un village au milieu de la forêt. Aujourd'hui tous les arbres sont par terre.

Élie, très surpris, lui demanda :

– Et maintenant on vous envoie démazouter ?

– On ne nous a pas envoyés en Bretagne, lui répondit le Vosgien en souriant, tous les pompiers qui sont sur

ce bateau sont des volontaires. Comme moi, ils ont répondu à l'appel de la Direction départementale d'incendie des Vosges.

– Pourquoi ?

– Pour nous, protéger une forêt ou nettoyer la côte, c'est pareil. La mer c'est comme les arbres, comme les rivières, c'est ce qu'on laissera à nos gosses. Alors comment c'est dans ton île ? Pas trop noir ?

– Plus maintenant, mais nous aussi on a bossé ! Au début il y avait du fioul partout, l'odeur était terrible. Et tous les jours des centaines d'oiseaux mazoutés venaient s'échouer sur l'île.

– Mais pourquoi est-ce que les oiseaux n'ont pas pu s'échapper ? demanda le pompier, très étonné.

– Presque tous les oiseaux mazoutés étaient des oiseaux qui vivent à la surface de l'eau, expliqua Élie. Ils ont dû essayer de plonger à travers la nappe de mazout pour se nourrir, ou être piégés pendant qu'ils dormaient. Les espèces touchées sont celles qui hibernent dans le golfe de Gascogne. Ils ont été mazoutés au large et la

mer les a rapportés sur nos côtes. Alors on les a ramassés et transportés dans des boîtes en carton jusqu'à l'hôpital de fortune qu'on avait ouvert dans l'île, grâce au vétérinaire et à des étudiants venus du continent. Il y a même des biologistes bénévoles qui sont venus nous aider.

Élie décrit aussi l'énorme travail de nettoyage entrepris par la population de l'île et près de trois cents bénévoles venus de tous les coins de France.

– Le pire, ça a été les Aiguilles de Port Coton, de grands rochers escarpés alignés dans la mer, à quelques dizaines de mètres des falaises, sur la côte Sauvage. Elles étaient enduites de mazout. Alors, les hommes du GRIMP (Groupe de recherche et d'intervention en milieu périlleux) sont descendus en varappe le long des falaises, à marée basse, pour aller escalader les aiguilles et les nettoyer : un boulot terrible ! Ils ont dû recommencer cinq fois de suite. Chaque fois qu'ils avaient terminé, la marée rapportait de nouvelles nappes de fioul. C'est aussi le GRIMP qui a équipé les sites les plus inaccessibles de l'île pour que les pompiers et les militaires, deux cents hommes venus du continent avec leur matériel, puissent y descendre.

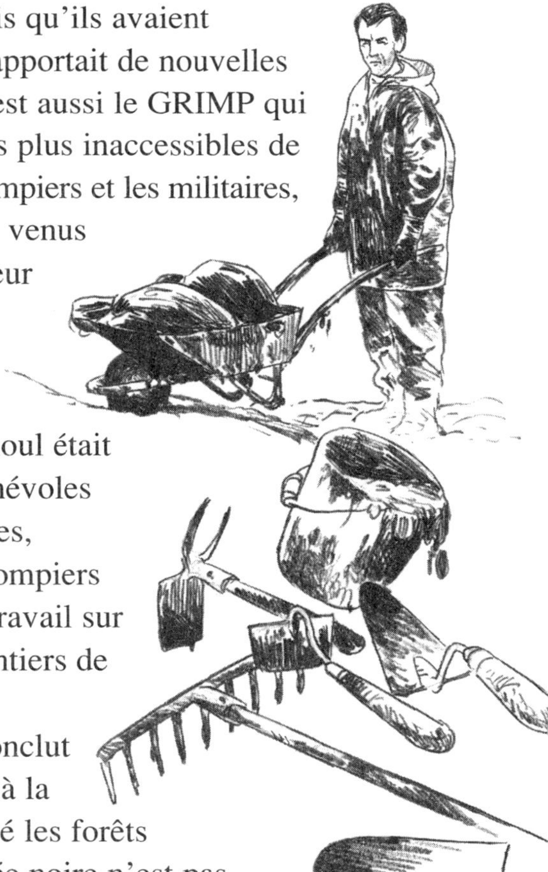

Maintenant que l'on savait que ce fioul était cancérigène, les bénévoles se faisaient plus rares, mais militaires et pompiers poursuivaient leur travail sur les six derniers chantiers de l'île.

– Mais tu vois, conclut Élie, contrairement à la tempête qui a ravagé les forêts des Vosges, la marée noire n'est pas une catastrophe naturelle. On n'aurait jamais dû laisser circuler un navire poubelle !

Élie s'interrompit tandis que *Le Vindilis* mugissait avant d'entrer dans le port du Palais, la petite ville de l'île, surplombée par une sévère forteresse de Vauban.

– Il faut que j'y aille, ma mère m'attend.

Élie sortit un cahier de son sac et arracha une page sur laquelle il nota son nom, son adresse et son numéro de téléphone.

– Tenez, venez nous voir quand vous pourrez : famille Norström à Kergostio. Mon père est danois, il est potier. C'est ma mère qui est belliloise, elle est institutrice au Palais.

Chapitre 3

De retour dans l'île

En franchissant la passerelle du *Vindilis*, Élie aperçut sa mère qui l'attendait, sur le quai, devant sa vieille Volvo vert bouteille. Le vent ébouriffait ses longues boucles, auburn, comme celles de son fils. Elle avait noué par-dessus la sienne l'écharpe écossaise qu'Élie avait portée durant hiver.

– Pour qu'elle se balade avec ce vieux chiffon autour du cou, je dois vraiment lui manquer ! se dit Élie.

Et il lui en voulut un peu moins de l'avoir envoyé sur le

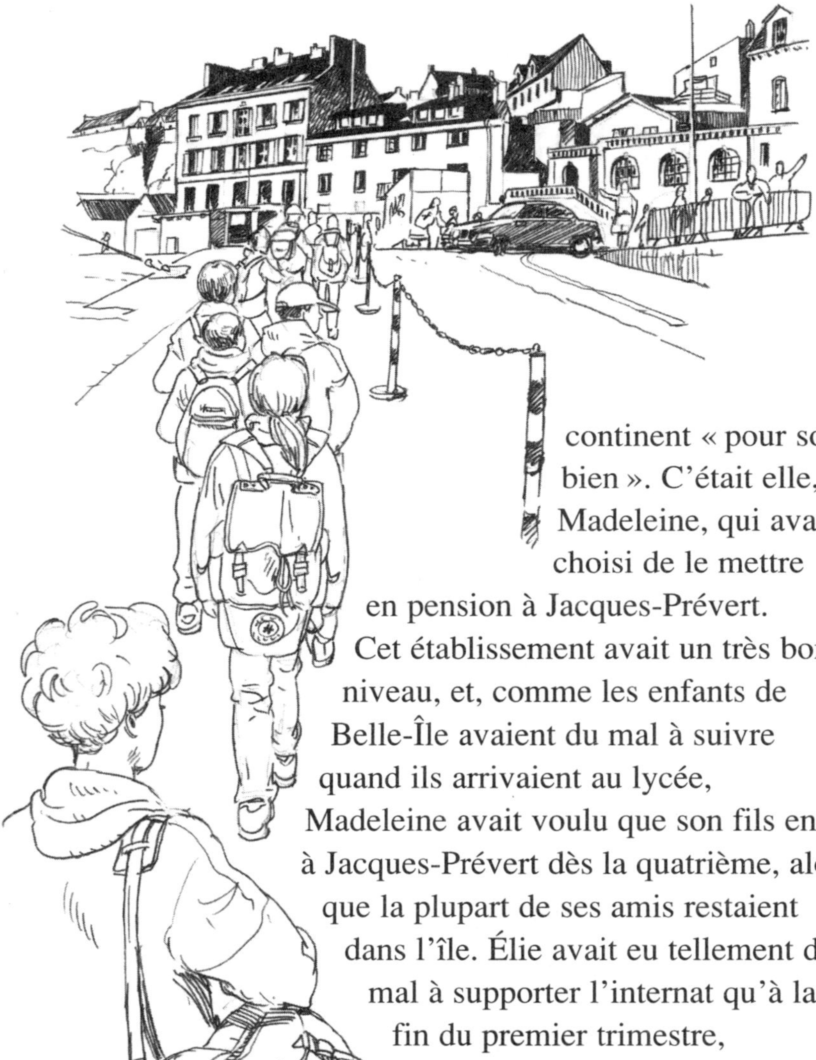

continent « pour son bien ». C'était elle, Madeleine, qui avait choisi de le mettre en pension à Jacques-Prévert. Cet établissement avait un très bon niveau, et, comme les enfants de Belle-Île avaient du mal à suivre quand ils arrivaient au lycée, Madeleine avait voulu que son fils entre à Jacques-Prévert dès la quatrième, alors que la plupart de ses amis restaient dans l'île. Élie avait eu tellement de mal à supporter l'internat qu'à la fin du premier trimestre, Madeleine avait failli renoncer. Alors, Stig, son mari, avait pris la relève. Il ne voulait pas, lui non plus, que le monde d'Élie se réduise à une petite île et à ses quatre mille cinq cents habitants.

Soudain Madeleine s'aperçut que son fils boitait.

– Tu t'es fait mal ?

– C'est rien maman.

Madeleine serra son fils dans ses bras. Il esquiva son baiser, frotta légèrement sa joue contre celle de sa mère et se dirigea vers la voiture.

Madeleine traversa la petite ville quasiment déserte malgré le début des vacances de Pâques.

– C'est complètement vide ! s'exclama Élie.

– Oui, les touristes ne sont pas nombreux, ils croient tous que l'île est dévastée et il fait si froid que personne n'a envie de sortir.

Madeleine passa la troisième, et la vieille Volvo attaqua la côte de l'ancienne sardinerie transformée

en gîte rural. Sous le ciel gris, les ajoncs étaient comme fluorescents. Élie baissa sa vitre pour capter leur odeur de noix de coco. Madeleine sourit.

– Il fait trop froid, tu ne sentiras rien. Tu as passé une bonne semaine ?

La banale et sempiternelle question de sa mère le faucha au creux de l'estomac.

– Tu as ton bulletin du trimestre avec toi ?

– Non, tu sais bien qu'ils vont le poster.

– Il est bon, j'espère.

– En math, en techno, en physique-chimie, ça va. Pour le reste, comme d'habitude.

– Ça veut dire que tu n'as pas la moyenne en français et en allemand ?

Une seule solution pour stopper cet interrogatoire menaçant : le genou !

– L'infirmière va t'envoyer un mot. Je grandis trop vite et je suis beaucoup trop raide pour mon âge. Je vais tout me casser si je continue à faire du sport.

– Mais qu'est-ce que tu as, c'est grave ou quoi ?

– Un Osgood-Schlatter.

– Quoi ?

– Une fracture d'effort. Ça arrive aux sportifs qui forcent !

– Je ne comprends pas que Prévert ne m'ait pas prévenue, ce n'est pas rien une fracture…

– Mais, maman, ce n'est pas une fracture ordinaire, on n'a pas besoin d'être plâtré et c'est arrivé mercredi. À l'infirmerie on m'a dit qu'il fallait attendre et…

– Tu iras chez le médecin demain, il t'enverra faire des radios et on sera fixé ! Tu n'as pas trop mal ?

Sauvé ! se dit Élie.

Madeleine se gara devant leur maison blanche aux fenêtres entourées d'une bande bleu. Comme toutes les maisons de l'île, le toit à double pente était recouvert d'ardoises. La façade avant donnait sur la route qui menait au hameau de la famille de Madeleine, l'arrière sur un jardin fermé par une haie de tamaris. Les pommiers que Stig avait plantés étaient en fleur. Niels, le plus jeune des Norström, se balançait sous les branches d'un vieux figuier. Dès qu'il aperçut Élie, il sauta dans l'herbe et se précipita vers lui. Élie se pencha et le souleva dans ses bras.

– Salut, le nain !

– J'suis pas un nain, rétorqua Niels en passant ses bras autour du cou de son frère, et toi tu sens mauvais.

– Un vrai putois, acquiesça Stig en embrassant son fils, tu ne te laves donc jamais à Prévert ?

– Jamais ! Il n'y a pas de baignoire et moi je n'aime pas les douches. Fallait pas m'obliger à y aller. On va faire le tour des cousins et embrasser Mamie ? proposa Élie à Niels.

– Oui, murmura le petit garçon, en posant sa joue contre l'épaule de son frère.

Stig regarda par la fenêtre ses fils s'éloigner sur la route du hameau.

– Madeleine, pourquoi est-ce qu'Élie boite ?

– Il m'a dit qu'il s'était fait un Osgood quelque chose, il faudrait que tu l'emmènes chez le médecin.

– Je ne peux pas quitter mon stand au marché, mais il peut sûrement s'expliquer tout seul, non ?

– Je crois, je vais prendre rendez-vous tout de suite, le cabinet ferme à 20 heures.

Chapitre 4

L'« Alea-Jacta-Est »

Après un bref examen de son genou, le médecin conclut qu'Élie n'avait rien de cassé et qu'avec du repos, du temps et de l'aspirine, tout irait bien. Inutile de faire des radios.

En sortant du cabinet médical, Élie décida de faire un petit crochet par l'arrière-port pour voir si l'*Alea-Jacta-Est* s'y trouvait. François Samzun, le patron du bateau, était le plus vieux ligneur de bar de l'île. C'est lui qui, le premier, avait emmené Élie pêcher en mer.

Élie aperçut l'*Alea* à quai. François

Samzun, courbé en deux, s'activait sur le pont. Lorsqu'il entendit la voix d'Élie, le vieil homme releva la tête.

– Salut gamin ! Tu es venu me donner un coup de main ?

Et pendant plus d'une heure, François Samzun vida des maquereaux tandis qu'Élie les empilait dans des caissons en bois puis les montait en haut de la cale où le patron d'un restaurant les embarqua sur sa camionnette. François Samzun passa un coup de jet sur le pont, lava soigneusement ses grosses mains couturées de cicatrices, puis emmena Élie au *Fou-Quai*.

Ce matin, le bistrot était plein. Les pêcheurs dont les filets avaient été mazoutés étaient cloués au port, les autres avaient renoncé à sortir à cause du mauvais temps.

– Tu crois que le vent de noroît va tomber ? demanda Élie au vieux pêcheur, en attrapant la bouteille de Coca que lui tendait la serveuse.

– Demain peut-être, pourquoi ?

– Jean Kérel m'emmène aux Poulains lundi, s'il fait beau.

– Tu as de la chance, c'est le roi du bar ce gars-là.

À bord du ligneur de François Samzun, Élie débarque une caisse de maquereaux.

S'il y en a quelque part, tu peux être sûr que c'est pour lui.

– Ça mord vraiment le bar, en cette saison ? poursuivit Élie.

– S'il fait beau, ça oui !

Le vieux ligneur avala une gorgée de café et poursuivit :

– En avril 1971, j'en ai pris cinq cent vingt-cinq tout seul, sur l'*Alea* flambant neuf. À cette époque, dans l'île, tout le monde pêchait le bar. On allait sous le phare de Kerdonis et à la pointe des Poulains et on en prenait énormément. Et puis le poisson s'est mis à diminuer. Chaque année il y en avait un peu moins.

– Mais qu'est-ce qu'il s'est passé ? demanda Élie.

– Les chalutiers se sont équipés de gigantesques filets pélagiques.

– Ils pêchent comment ? interrogea Élie.

– Tu as deux chalutiers, qu'on appelle des bœufs, qui tirent ensemble un immense filet de 120 mètres de long et 45 mètres d'ouverture verticale, qui est conditionnée par la vitesse des bateaux.

– C'est quoi la taille minimum des mailles des filets ?

– 8 centimètres.

– Et la taille minimum des bars ?

– 35 centimètres.

– Mais alors, ils n'ont aucune chance.

– Aucune. Les filets pélagiques ratissent tout : les petits poissons, les gros et même les dauphins.

– Les dauphins ? s'exclama Élie, mais on n'a pas le droit !

– Évidemment, ils ne font pas exprès de les tuer, mais les filets pélagiques ne sont pas sélectifs. Ils ratissent tout. Et il faut amortir ces équipements.

La pêche au chalut pélagique est désormais largement répandue dans toutes les mers du globe. Peu et mal réglementée, pratiquée de plus en plus intensivement, elle provoque le dépeuplement des fonds marins et la disparition d'espèces entières de poissons. Malgré la diminution constante du volume de prises annuelles, malgré les mises en garde des petits pêcheurs et des autorités scientifiques, ce type de pêche est en train de faire disparaître tous les autres.

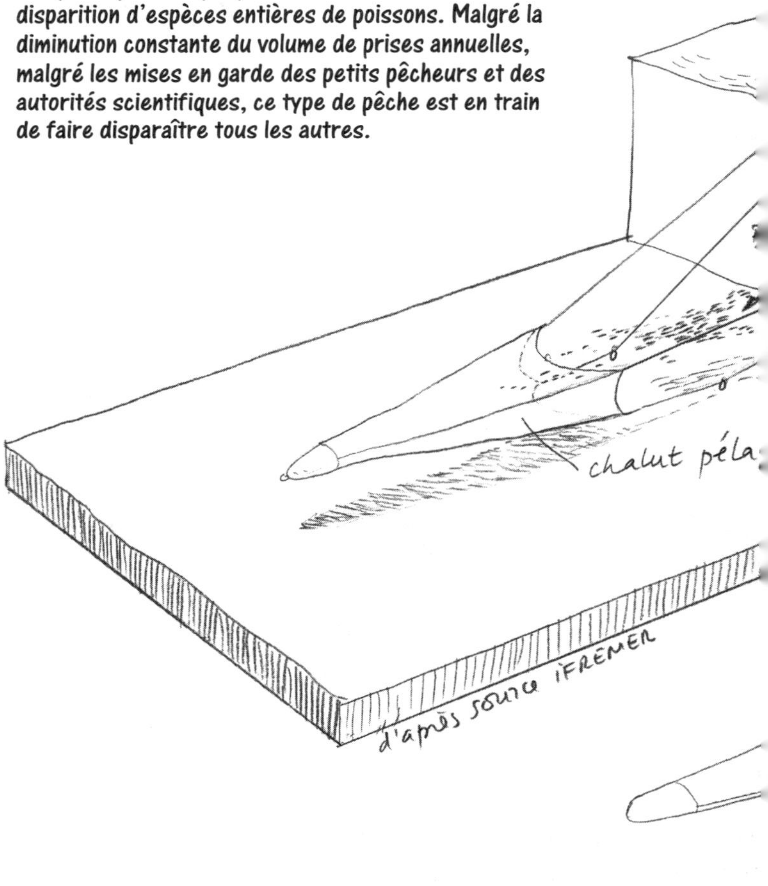

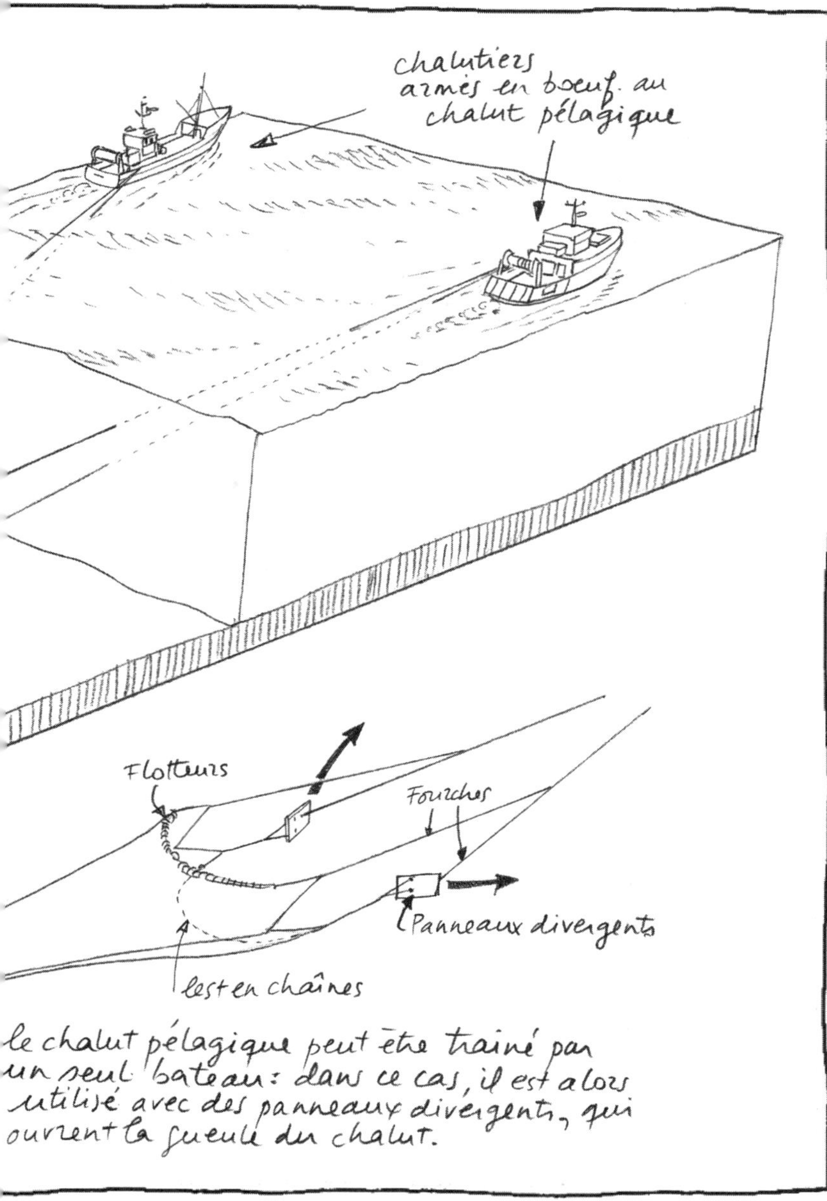

le chalut pélagique peut être traîné par un seul bateau : dans ce cas, il est alors utilisé avec des panneaux divergents, qui ouvrent la gueule du chalut.

Alors les pêcheurs se sont mis à pêcher même pendant la saison du frai, de janvier à mars, quand les poissons se reproduisent. Pourtant c'est une période où il faut absolument laisser la mer en repos. Tu sais, les vibrations des chaluts pélagiques dans l'eau, à elles seules, bousillent les poissons et perturbent leur métabolisme et leur migration. Mais les pêcheurs ne veulent rien entendre !

– Mais est-ce qu'il n'y a pas des zones de pêche réservées pour les filets pélagiques ?

– Personne ne les respecte. Depuis que je pêche le bar sur l'*Alea*, les prises ont diminué de dix à un !

– De dix à un !

– Oui et il n'y a pas que le bar qui soit bien trop pêché dans le golfe de Gascogne et en Manche, c'est vrai aussi pour les daurades ou les merluchons. En mer du Nord, c'est le hareng qui a failli disparaître.

– Tu ne crois pas que la marée noire a encore aggravé les choses ? demanda Élie.

– Je ne vais pas te dire que les tonnes de fioul lourd qui se sont déversées dans la mer lui ont fait du bien ! Mais je ne crois pas que le poisson

adulte ait souffert. Les bars sont descendus au fond. Maintenant, l'eau est claire et le poisson remonte sans trace de fioul, il est très bon.

Élie était intrigué, il voulait en savoir plus sur la pêche à l'époque où le poisson prospérait autour de l'île.

– C'était comment quand tu a commencé ?

– Quand j'ai commencé, on n'avait pas d'essence, pas question de pêcher le bar. C'était en 1941 sur le *Petit-Jean*, le bateau de mon père.

– Pendant la guerre ?

– Oui, les Allemands avaient enlevé les magnétos des moteurs…

– Les magnétos ?

– Oui, c'est ce qui sert à produire le courant pour allumer le moteur. Alors mes cinq frères et moi on allait à la voile sur l'annexe du chalutier et on attrapait du maquereau et de la sardine. Pour le bar, c'était trop lent.

– Ensuite, poursuivit le vieux pêcheur, j'ai passé deux ans à Dunkerque. Je pêchais le hareng au large sur le *Stella-Maris*, un chalutier de 18 mètres. L'été, j'allais en Islande. Et puis, en 1956, avec un de mes frères, on a eu notre premier bateau, le *Casabianca*, un chalutier de 15 mètres. Il y avait seize hommes d'équipage à bord et on faisait la sardine. Mais en 1970, il a fallu le vendre, il n'y avait plus de conserverie sur l'île, la sardine c'était fini.

– Alors qu'est-ce que vous avez fait ?

– J'ai racheté un nouveau bateau, l'*Alea-Jacta-Est*, deux fois moins grand, pour faire du bar et du maquereau. Et, l'année suivante, je suis reparti dessus. De juin à septembre, on partait le matin à 4 heures pour pêcher à la traîne et, avant le lever du jour, on en prenait 30 à 40 kilos. On repartait à la tombée de la nuit, pour rentrer vers 11 heures du soir, avec de nouveau 30 à 40 kilos de bars. Aujourd'hui, passé le printemps, les bars migrent ailleurs et bientôt il n'y en aura plus.

– C'est si grave ?

– Il n'y a pratiquement plus de bars dans le golfe de Gascogne, et maintenant les chalutiers s'attaquent à ce qui reste dans la Manche. En principe, ils ne doivent pas pêcher à moins de 12 milles des côtes mais tout le monde triche ! Et ce qui se passe en Bretagne n'est pas plus grave que ce qui se passe dans toutes les eaux du monde. Partout, la pêche

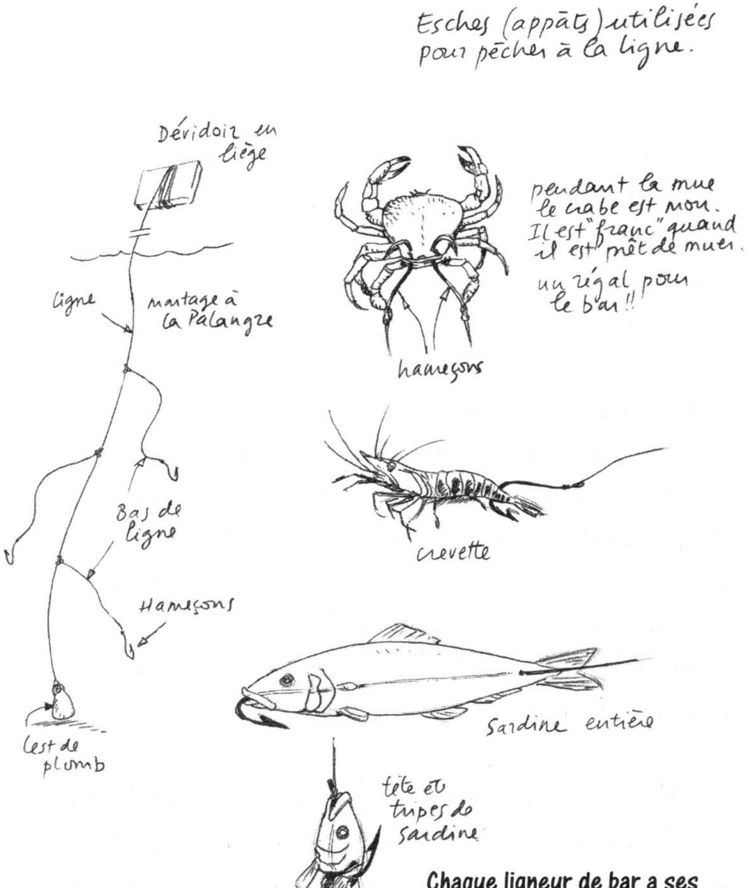

Chaque ligneur de bar a ses appâts préférés. Certains préfèrent le crabe, d'autres les sardines, d'autres encore les crevettes. Jean Kérel utilise des lançons.

intensive détruit le poisson, alors on invente des bateaux et des filets de plus en plus perfectionnés qui descendent de plus en plus profond et des bateaux qui vont de plus en plus loin.

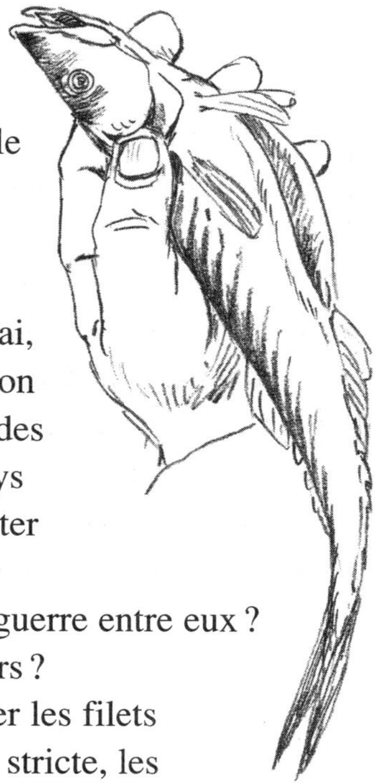

– Qu'est-ce qu'on peut faire pour arrêter ça ?

– Discuter sérieusement à Bruxelles et faire une loi valable pour toute la Communauté européenne. Une loi qui interdirait à tout le monde de pêcher pendant la période de frai, qui est la période de reproduction des poissons. Cette loi fixerait des zones de pêche que tous les pays membres devraient faire respecter efficacement.

– Alors les pêcheurs sont en guerre entre eux ? Les chalutiers contre les ligneurs ?

– Oui. Si on continue à utiliser les filets pélagiques sans réglementation stricte, les ligneurs vont disparaître, puis toute la pêche traditionnelle. Après, les gros pêcheurs se mangeront entre eux.

François Samzun jeta un coup d'œil sur sa montre.

– Il faut que j'y aille, c'est l'heure de déjeuner et ma femme m'attend.

– Et moi il faut que j'aide mon père à remballer la poterie.

Sur le trottoir, en guise d'adieu, François Samzun donna une petite tape sur l'épaule d'Élie.

– T'en fais pas trop, mon gars, les bars sont très malins et ils n'ont pas dit leur dernier mot.

Quand Élie arriva au marché, son père avait pratiquement fini de ranger et il était de très mauvaise humeur car il n'avait rien vendu.

– Sans touristes, pour moi aussi la saison va être dure ! grommela-t-il, découragé.

Chapitre 5

Sacs de déchets sur la lande

À voir le visage paisible de Madeleine, le bulletin trimestriel n'était toujours pas arrivé. Aussi, lorsqu'elle proposa de conduire Niels au club du *Poney bleu*, Élie ne se fit pas prier.

Je me demande ce qu'il mijote pour être aussi gentil, se demanda Madeleine en ouvrant son cartable pour prendre l'énorme paquet de copies à corriger pendant les vacances. Cela faisait un trimestre que sa classe de CM1 et de CM2 travaillait sur des sujets d'actualité : « Le naufrage de l'*Érika* », « Le capitaine et son équipage », « Les conséquences de la marée noire » et « Comment protéger la mer ? ».

– J'en ai pour des heures ! soupira-t-elle en regardant le ciel tout bleu.

La lande embaumait sous le soleil, le vent était tombé. Les vanneaux huppés, aux cris grinçants, tourbillonnaient dans le ciel comme des cerfs-volants qui auraient rompu leur fil. Un nuage de mouettes suivait le tracteur du propriétaire du *Poney bleu* qui labourait une prairie. Chiffon, le poney que montait Niels, tirait résolument sur la longe pour atteindre l'herbe tendre du fossé.

Élie s'arrêta, il scruta la lande au loin, là où l'on apercevait un amoncellement de gros sacs en plastique blanc autour desquels s'affairaient des pompiers en uniforme sombre. C'étaient les déchets que l'on avait stockés sur place, en haut des plages ou des falaises, au fur et à mesure qu'on les

dégageait du fioul de l'*Érika*. Élie poussa Chiffon sur le bas-côté du chemin pour laisser passer une Jeep rouge, puis un camion de la même couleur. Ils transportaient les sacs de déchets au centre de l'île, dans d'énormes casiers de stockage d'où ils seraient convoyés à bord du *Guédel*, un ancien ferry, sur le continent, dans une usine de traitement. À raison de trois voyages par semaine, 1500 tonnes de déchets avaient déjà quitté l'île. Il en restait encore deux fois plus à évacuer, et ce n'était pas fini ! On continuait à ramasser dix tonnes de déchets par jour !

Élie tira sur la longe du poney qui résista de toutes ses forces :

– Ne le laisse pas brouter tout le temps, Niels !

– Tu ne vois pas qu'il aime les fleurs ? grogna Niels qui regardait avec curiosité Chiffon avaler une touffe de violettes.

Plongeon Imbrin (plumage d'Hiver)

Huîtrier Pie

macareux

Les oiseaux les plus touchés par la marée noire sont les macareux, les guillemots et les pingouins.

Guillemot

Pingouin

La dernière bouchée de fleurs avalée, le poney décida de repartir. La lande devenait plus rase, les ajoncs disparaissaient. Seules poussaient de toutes petites plantes qui pouvaient résister au vent et aux embruns salés déposés sur cette ultime bande de terre avant l'océan.

Soudain, l'Île aux mouettes apparut. On aurait dit une grosse baleine encore tout près du bord, qui s'élancerait vers l'Atlantique. En été, Élie la rejoignait à la nage avec son père pour y observer les oiseaux, pas les mouettes et les goélands qui

pullulaient partout, mais les espèces devenues plus rares dans l'île : les huîtriers pie et les hirondelles de mer. Au printemps, postés sur la falaise, ils regardaient à la jumelle les guillemots de Tröll, les petits pingouins ou pingouins Torda, les fous de Bassan et les plongeons qui, l'été venu, remontaient vers le nord de l'Europe. Le cœur serré, Élie observa le dos de la baleine, il n'avait pas apporté ses jumelles, il savait que c'était inutile. Niels, lui ne comprenait pas ce qui se passait :

– Élie, regarde ! Il n'y a presque pas d'oiseaux !

– Oui…

– Ils vont revenir après ?

– Non. Pas cette année, en tout cas.

– Pourquoi ?

– Les oiseaux de haute mer, les guillemots, les pingouins et les macareux qui ont été mazoutés sont morts.

– Mais on les avait nettoyés !

– Je sais, mais très peu ont survécu au fioul.

– Alors, il n'y en aura plus ? La voix de Niels tremblait.

– Ne pleure pas, Niels, il en reste ailleurs en Bretagne Nord, ils vont se reproduire et un jour on en reverra ici.

Élie aurait aimé être sûr de ce qu'il disait pour consoler Niels. En vérité, il ne savait pas si un jour, ces oiseaux reviendraient dans l'île.

– Regarde, en tout cas, il y a plein de lapins.

Une multitude de petits derrières blancs défilèrent devant eux tandis qu'ils détalaient vers les eaux vert pâle de la crique de Kerledan.

C'était une crique fermée par le mur de fortifications que Vauban avait fait édifier tout autour de l'île pour la protéger des Anglais. Un beau mur, érodé par les ans et doré par le lichen qui l'avait envahi.

La crique était propre, de nouveau. La mer montait sur les graviers blancs, le ruisseau venu du vallon s'y déversait en passant sous l'arche du pont. Chiffon s'attaqua aux touffes de menthe sauvage et de fenouil tandis qu'Élie essayait d'apprendre à Niels à faire des ricochets sur l'eau, parfaitement lisse. Mais Élie n'avait pas terminé son inspection.

– Allez, on repart, on va à Borderune !

Le fioul récupéré dans cette crique a été entreposé dans d'énormes sacs en plastique. Comme ce dépôt n'est pas accessible par une route, ce sont les hélicoptères des pompiers qui vont procéder à son évacuation.

Seule une véritable « chaîne humaine » peut permettre d'évacuer le fioul des criques aux parois escarpées. Elle est formée de volontaires bénévoles, de pompiers ou de soldats, volontaires également.

C'est là que le travail de démazoutage avait été le plus difficile car la crique était étroite et très difficile d'accès. Seuls des soldats, des pompiers et des bénévoles très déterminés y étaient descendus. Ils avaient d'abord charrié, avec des pelles, les épaisses plaques de fioul collées sur le fond et les parois de la crique jusqu'à dix mètres de hauteur. Ensuite, ils avaient dû gratter avec des truelles les rochers et les cailloux. Le fioul avait été remonté grâce à une « chaîne humaine » : des seaux vides garnis de sacs en plastique avaient été descendus au fond de la crique, remplis de mazout, puis remontés en passant de mains en mains, avant d'être déversés dans une benne. Cela avait duré deux mois sans interruption. Puis, le nettoyage final avait commencé. On avait pulvérisé sur la roche un solvant biodégradable et non toxique : on l'avait laissé agir et on l'avait rincé à l'eau de mer, à basse pression, pour protéger l'écosystème. On avait aussi nettoyé les rochers avec de l'eau sous pression. Les galets avaient été grattés un à un et le sable passé au tamis.

Tirant toujours Chiffon pas sa longe, Élie s'engagea sur le chemin de Borderune. Les sacs de déchets amoncelés durant l'hiver étaient toujours là. Le petit chemin de terre qui, l'année dernière, se dessinait à peine au creux du vallon rempli de fougère, de menthe et d'arnica, avait été complètement défoncé par le passage des tracteurs qui remontaient

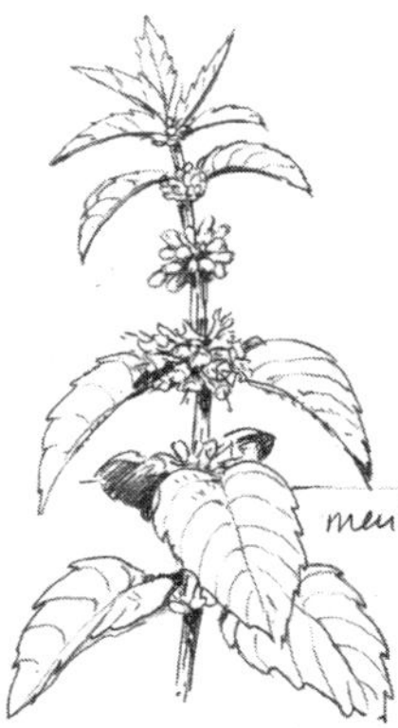

les bennes pleines de fioul. Les jeeps et les camions avaient creusé d'énormes ornières boueuses. Au bout d'une centaine de mètres, Élie renonça à continuer ; même un poney shetland risquait de se casser une patte dans une gadoue pareille et Niels avait peur.

– T’inquiète pas, je remonte. On va aller à Donant, t’es d’accord ?

– Génial !

Comme tous les petits enfants, Niels adorait jouer sur l’immense plage de sable fin. C’est le meilleur endroit de l’île où construire des châteaux de sable, ou des petites piscines dans les flaques d’eau de mer, à marée basse. On va y pêcher des moules, faire voler son cerf-volant et glisser sur son body board, le long des gros rouleaux. Donant, c’est le paradis !

Niels rebroussa chemin et talonna Chiffon. Une demi-heure plus tard, les deux frères arrivèrent sur la plage. Ignorant le panneau « Chantier, plage interdite », Élie s’avança avec Chiffon. À la stupéfaction des deux frères, la grande plage, qui, un mois auparavant, était maculée de mazout, était redevenue lisse et dorée, comme l’été précédent. Les grosses vagues s’écroulaient sur le sable immaculé. Sans la pelleteuse qui s’activait au loin près d’un camion, on aurait pu croire que le naufrage de l’*Érika* n’avait jamais eu lieu.

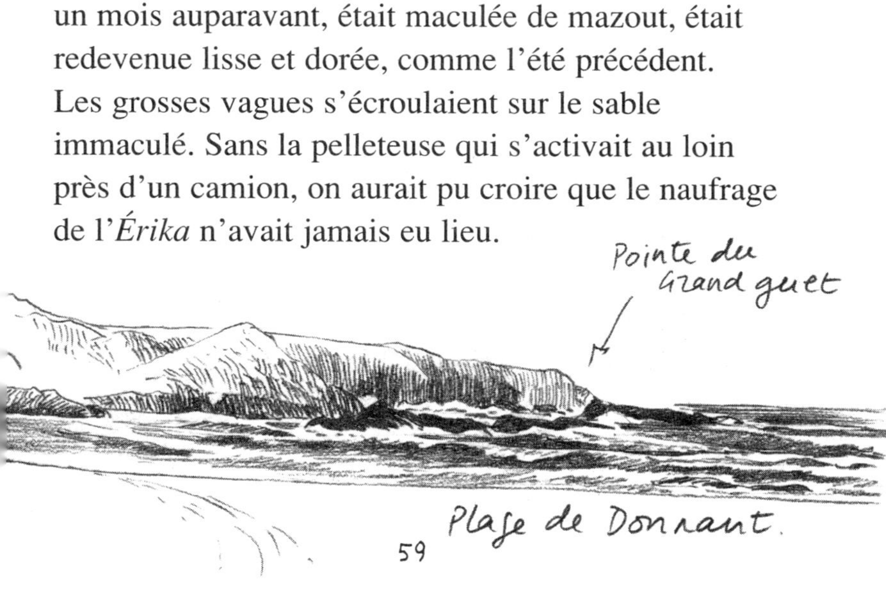

Niels sauta à terre et commença à retirer ses bottes. Élie, méfiant, le retint. Le panneau disait « plage interdite ». Il prit une poignée de sable et la laissa couler entre ses doigts, de petites boules de goudron noir apparurent.

– Arrête Niels, il y a encore du fioul dans le sable et tu vas t'en mettre plein les pieds. Garde tes bottes, on va aller voir plus loin.

Élie attacha la longe du poney à un piquet de la palissade qui bordait le fond de la plage et, tenant Niels par la main, s'avança vers l'eau. La plage était en train d'être passée au crible d'une pelleteuse trieuse. À plusieurs endroits, Élie examina la plage, partout des petites particules de goudron se mélangeaient au sable.

– Mais qu'est-ce qu'on va faire cet été ? demanda Niels furieux.

– Je crois bien qu'il faudra aller de l'autre côté de l'île, qui n'a pas été mazouté comme ici.

– J'en ai marre ! dit Niels en envoyant un grand coup de pied dans le sable.

Après avoir soigneusement rangé, dans la sellerie, le licol et la selle de Chiffon, les deux garçons rentrèrent chez eux sur le vélo de Madeleine. Tout en pédalant, Élie regardait le beau ciel de traîne.

– Si le vent ne tourne pas cette nuit, c'est le beau temps garanti, dit-il en se retournant.

Dans son siège, Niels s'était endormi.

Chapitre 6

Le rendez-vous de Sauzon

Lundi, 5 heures 30, Élie ouvrit ses rideaux. C’était encore l’heure bleue mais on devinait le soleil et les arbres étaient immobiles. Le rendez-vous avec le *Scarbo* était donc maintenu. Il fourra son ciré dans son sac à dos et descendit, sur la pointe des pieds, les bottes à la main. Sa mère était déjà dans la cuisine, elle regardait par la fenêtre

– Je peux faire mon petit

déjeuner tout seul, pourquoi tu te lèves ?

– Pas pour toi évidemment, répondit gaiement Madeleine, sans se retourner. Viens voir.

Élie s'approcha de la fenêtre : dans la lumière de l'aube, sur le câble électrique qui menait au hameau, une demi-douzaine de tourterelles des bois se reposaient. Elles étaient arrivées d'Afrique pendant la nuit. Comme les hirondelles, les tourterelles des bois sont le signe du printemps et tout chez elles est douceur, la couleur beige du plumage, les petits mouvements gracieux de la tête et le chant, bien sûr. Pour Madeleine, leur arrivée dans le village était une fête bien plus importante que Noël ou le jour de l'an. Elle ouvrit la fenêtre sans faire de bruit. Le roucoulement mélodieux des oiseaux emplit la pièce.

– Il y a du pain frais sur la table et du fromage dans le Frigidaire, si tu veux te faire un sandwich, dit Madeleine en remontant se coucher.

Jeanne, le menhir (page de gauche). Jeanne aimait Jean mais leur amour était interdit : les druides les changèrent en menhirs. Ils vivent aujourd'hui séparés à portée de regard... On dit que les nuits de tempêtes, il leur arrive de se rapprocher... Mais malheur à qui les voit !

Élie sortit et jeta un coup d'œil sur sa montre. Dans une demi-heure il devait être au port de Sauzon. En quelques coups de pédales, il laissa Kergostio derrière lui. Soudain, une poule faisane lui coupa la route. Élie freina brutalement, mit pied à terre et la regarda s'envoler lourdement dans le champ voisin où se trouvait déjà le mâle et toute une nichée de petits faisans. Des lapereaux de l'année jouaient sur l'herbe du chemin et détalèrent lorsqu'ils entendirent le crissement des pneus pour se réfugier dans des buissons d'ajoncs. Le ciel devint complètement rose et le chant des alouettes succéda aux premiers appels d'un coucou. Élie appuya de toutes ses forces sur ses pédales, l'Osgood machin se réveilla, tant pis !

La route était à lui. Il se jeta dans la grande descente qui mène à Sauzon. Il n'entendait plus que le bruit de ses pneus sur l'asphalte, plus vite, plus vite… Deux grosses larmes s'aplatirent sur ses joues.

7 heures sonnèrent à l'église tandis qu'il posait son vélo au pied du mole, devant l'hôtel du Phare.

En attendant le *Scarbo*, Élie se promena le long du quai. De grandes caisses en bois, remplies de filets d'une vilaine couleur brune, et plusieurs tas de casiers à homards, à tourteaux ou à araignées de mer, enduits de mazout, attendaient toujours le passage des experts chargés d'indemniser leurs propriétaires. Élie se demanda combien de temps encore les pêcheurs sinistrés parviendraient à tenir. Soudain, un bruit de moteur se propagea sur l'eau et, quelques instants plus tard, le bateau blanc et bleu de Jean Kérel entra dans le port.

Le ligneur était à la barre. Lorsqu'il aperçut Élie sur le quai, il réduisit les gaz et se dirigea droit vers lui. Guillaume était à l'avant, il attendait d'être tout près de la cale pour passer un bout à un anneau d'amarrage. Élie sauta à bord et le *Scarbo* repartit.

– Tu es là depuis longtemps ? lui demanda Jean Kérel.

– Dix minutes, à peine.

– On a coincé le chalut en remontant des lançons en venant de Quiberon et il a fallu tout recommencer, expliqua Guillaume en pointant du doigt le petit filet de couleur verte, soigneusement enroulé sur le pont du *Scarbo*, qui servait à pêcher les appâts du ligneur.

– Et vous en avez beaucoup ? demanda Élie.

– Suffisamment pour faire une très bonne pêche si le bar est au rendez-vous, lui répondit Jean Kérel. Il mettait le cap sur la pointe des Poulains qui se dessinait, à travers la brume, au nord de Sauzon.

La pointe extrême de l'île est continuellement battue par les courants, les vagues et le vent. Un vrai chaudron de sorcière, où bouillonne une eau noire chargée de grandes laminaires brunes qui suivent le mouvement des vagues.

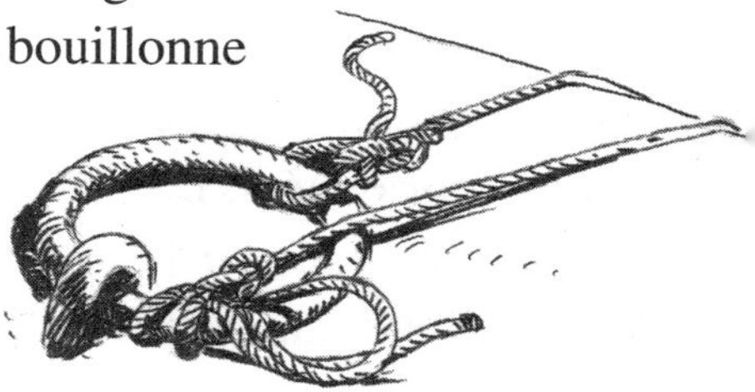

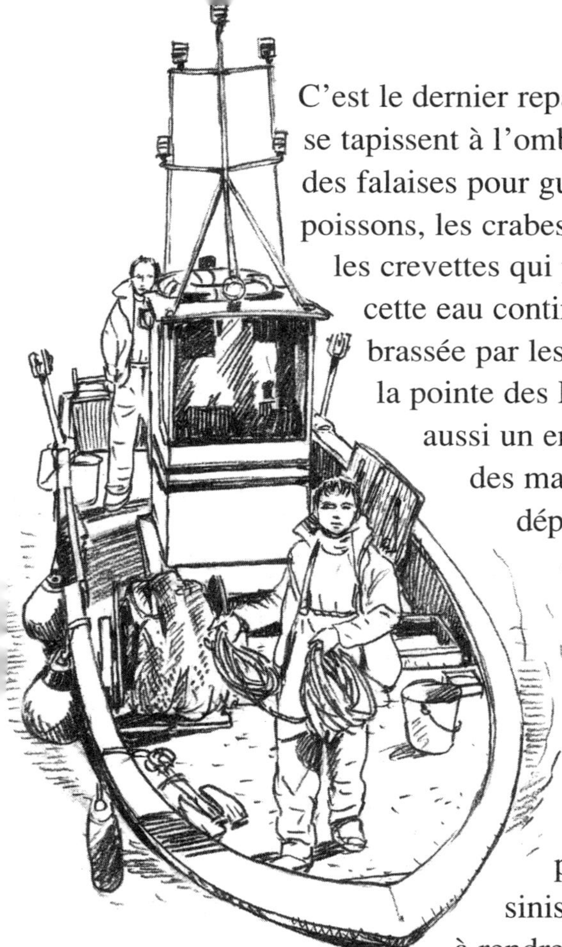

C'est le dernier repaire des bars qui se tapissent à l'ombre des rochers et des falaises pour guetter les petits poissons, les crabes minuscules et les crevettes qui pullulent dans cette eau continuellement brassée par les remous. Mais la pointe des Poulains est aussi un endroit redouté des marins qui ne la dépassent qu'en se détournant bien au large de la bouée noire qui porte son nom. Nuit et jour, ballottée par la houle, elle pousse sa plainte sinistre qui contribue à rendre plus inquiétant encore ce lieu d'anciens naufrages.

Soudain, un vol de guillemots passa au ras de l'eau. Ils filaient vers le nord, eux aussi, et Jean Kérel les regarda en souriant.

– Il nous en reste donc encore !

À présent le phare des Poulains se dressait distinctement sur le bord de la falaise. Malgré l'absence de vent, un fort clapot agitait le bateau. Jean Kérel prit dans la cabine une salopette comme la sienne et la tendit à Élie.

– Enfile ça en vitesse, on est bientôt arrivé.

Chapitre 7

Sous le phare des Poulains

Le bateau était presque arrivé au phare des Poulains. Vue de dessous, la tour blanche surmontée de sa lanterne rouge paraissait très haute. Le *Scarbo* passa entre la falaise et les rochers qui affleurent à la surface de l'eau. Seule un peu d'écume permettait de les repérer. Élie eut peur, vraiment peur. Mais quelques minutes plus tard, le *Scarbo* avait dépassé la pointe et voguait à nouveau sur une mer calme. Puis le ligneur décrivit une

boucle et revint vers le phare, à une centaine de mètres de la falaise.

– Ferme ton ciré, dit Jean Kérel qui avait vu le visage d'Élie se crisper. Ne t'inquiète pas, je sais exactement où je dois passer. À marée haute, il n'y a pas de danger. Je vais remonter encore un peu voir ce que ça donne.

Le ligneur accéléra et se dirigea vers le large.

– Regardez, les oiseaux travaillent ! s'exclama Jean Kérel en pointant du doigt un point sur la mer.

Élie aperçut quelques goélands qui tournaient autour d'un point, devant eux, sur la mer. Soudain, un oiseau s'abattit sur l'eau et remonta, puis un autre. Guillaume lui expliqua qu'ils étaient en train de pêcher des petits poissons qui remontaient à la surface, des lançons probablement.

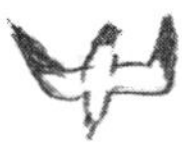

– S'ils remontent, c'est qu'ils sont pourchassés par

des poissons venus du fond. C'est donc là-bas qu'on va aller lancer nos lignes.

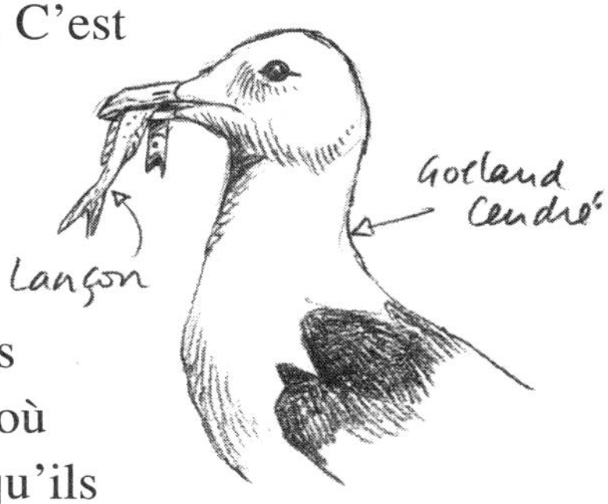

Jean Kérel passa la barre à Guillaume et tandis que celui-ci mettait le cap sur les goélands, il ouvrit le vivier où étaient stockés les lançons qu'ils avaient pêchés avec leur petit chalut, en venant de Quiberon. C'est l'appât favori des bars qui sont des carnassiers très difficiles, exigeant des proies vivantes, de belle qualité et goûteuses. En faisant bien attention à ne pas les abîmer, Jean Kérel en fixa sur chacun des cinq hameçons placés sur sa ligne.

Le matériel de pêche du « Scarbo » se compose du chalut, destiné à attraper les lançons, et du vivier de lançons continuellement alimenté en eau de mer. À l'arrière l'enrouleur de ligne permet de remonter les mètres de ligne de Jean Kérel et les bars qui ont mordu à l'hameçon. À côté de l'enrouleur, la barre du bateau puis le bac dans lequel les bars seront déposés avant d'être triés et placés dans des casiers.

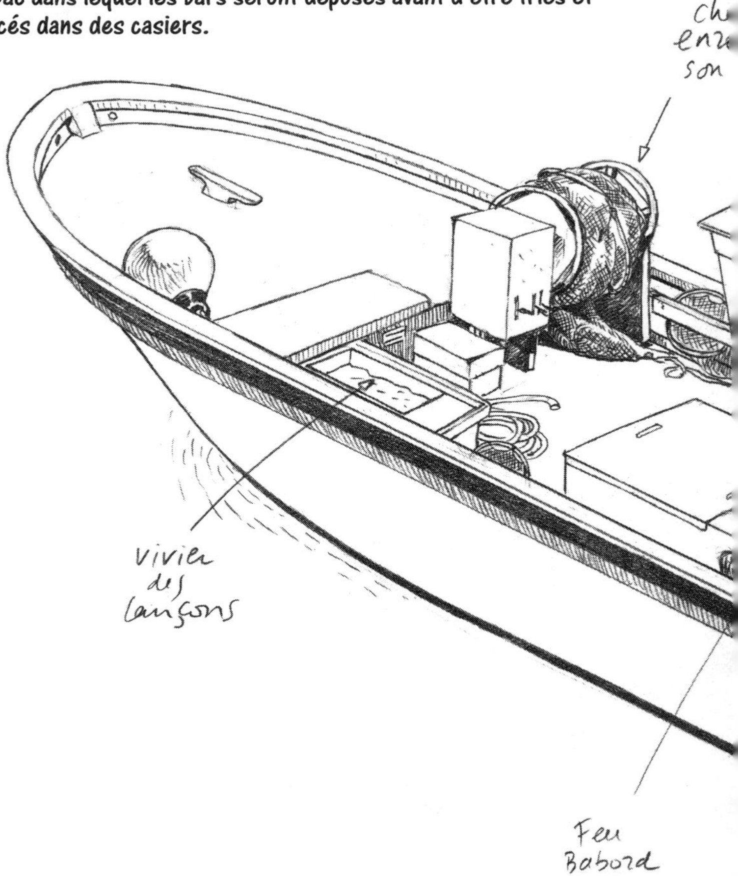

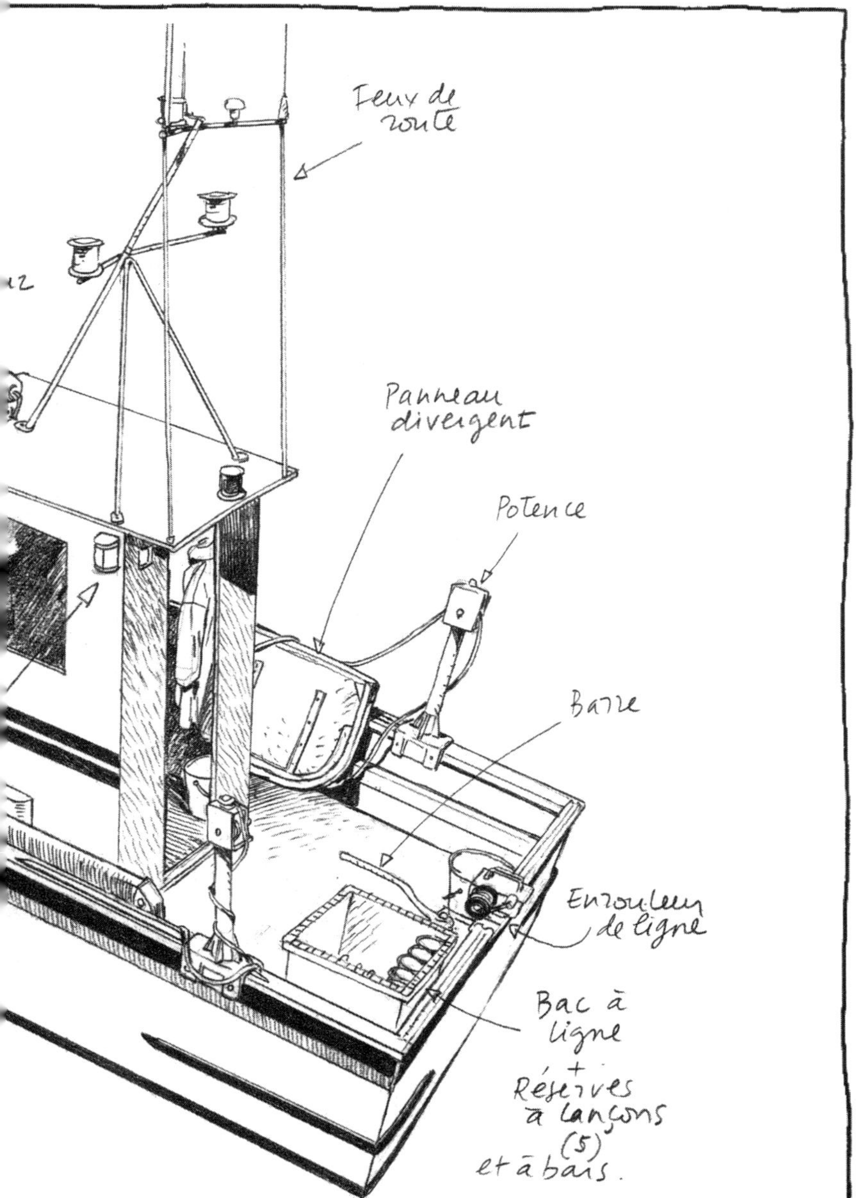
Feux de route
Panneau divergent
Potence
Barre
Enrouleur de ligne
Bac à ligne + Réserves à lançons (5) et à bais.

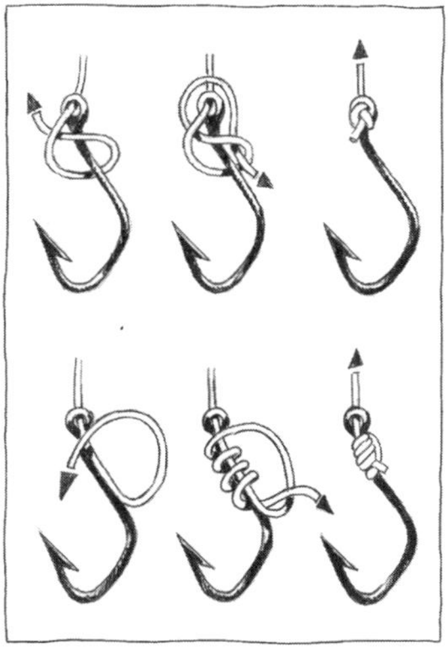

quelques nœuds de montage des Hameçons à oeillets

Le *Scarbo* contourna l'endroit où pêchaient les goélands et revint très lentement vers lui tandis que Jean Kérel déroulait la ligne embobinée sur un morceau de liège. Il arriva tout près des oiseaux qui finirent par s'envoler.

Le *Scarbo* ralentit encore son allure et continua à avancer en direction du phare.

La marée commençait à descendre, les lançons au bout de leurs hameçons étaient tirés à contre-courant au-dessus des bars qui s'éloigneraient de la côte pour

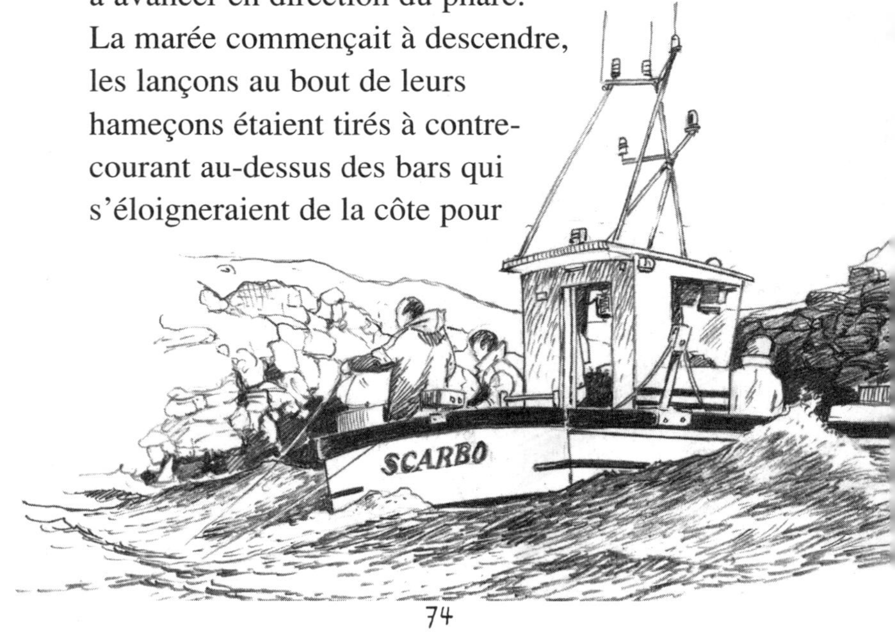

suivre leurs proies que la mer emportait. Les appâts de Jean Kérel avaient tout pour leur plaire, les lançons ne s'agitaient ni trop vite ni trop lentement, et leur marge de manœuvre n'était pas très grande.

Debout à l'arrière de son bateau, Jean Kérel laissa le fil de sa ligne lestée de plomb se dérouler sur son doigt. De temps à autre, il jetait un œil sur le sondeur placé au plafond de la petite cabine du *Scarbo* qui lui indiquait la profondeur et la densité des bancs de poissons. Maintenant, c'était bon, il avait atteint le fond.

Le *Scarbo* avança pendant une dizaine de minutes encore. Jean Kérel ordonna à Guillaume :

– Remonte sur les oiseaux.

– Je ne les vois pas.

Élie, lui, ne les avait pas perdus de vue.

– À gauche de la bouée des Poulains, à 100 mètres au large, tu les vois ?

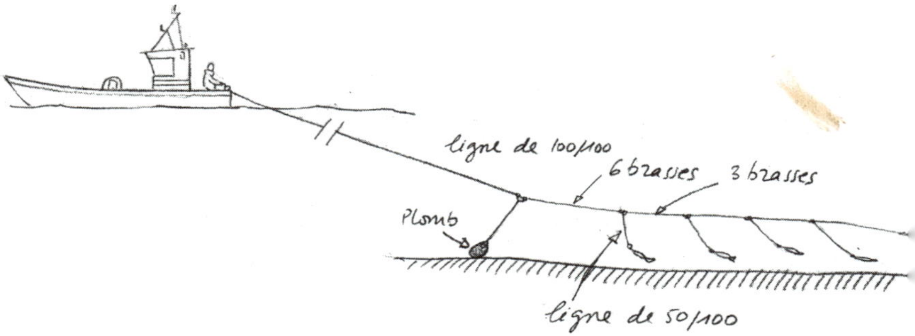

– Ça y est, je les ai.

Le bateau décrivit un arc de cercle et repartit vers le large. Jean Kérel fit alors avec le bras un mouvement comme celui d'un semeur qui jetterait du grain dans un sillon, de la poitrine vers le large. Soudain, il sentit une forte secousse sur son index et quelques secondes plus tard une deuxième, beaucoup plus violente. Jean Kérel tira d'un coup sec, à plusieurs reprises sur sa ligne : il ferrait le poisson qui avait mordu à l'hameçon. Il mit son moteur au point mort et passa son fil autour de l'enrouleur automatique, fixé à l'arrière du bateau, pour remonter sa ligne longue de 50 mètres.

Le ligneur et les deux garçons observaient la surface de l'eau à l'endroit où le fil remontait. Un premier hameçon et un demi-lançon apparurent, c'était la première touche, un bar s'était emparé de l'appât sans se faire prendre. Jean Kérel saisit l'hameçon et le fixa sur la paroi d'une profonde caisse en bois, placée sur le plat-bord du bateau.

Soudain, la ligne se mit à s'agiter en tous sens, très rapidement. Jean Kérel en remonta encore quelques mètres, doucement, et le premier bar de la journée apparut.

– Il est énorme ! s'écria Élie qui n'en avait jamais vu de pareil.

Le magnifique poisson au dos gris foncé, le ventre blanc et la large bouche béante, se débattait de plus en plus frénétiquement à la surface de l'eau.

– Quand ils sont aussi gros, lui expliqua Guillaume, ils ont une énergie terrible et souvent ils arrivent à se décrocher de l'hameçon.

Il passa à son père une grande épuisette fixée sur le côté de la caisse. Jean Kérel remonta la ligne jusqu'à ce que le bar soit à un mètre du bateau, il bloqua l'enrouleur et prit la ligne d'une main tandis

qu'il passait rapidement l'épuisette sous le poisson. Jean Kérel ramena l'épuisette dans le bateau et attrapa par les ouïes le poisson qui continuait à s'agiter violemment. Puis, délicatement, il décrocha l'hameçon de la mâchoire du bar qu'il déposa dans la caisse en bois.

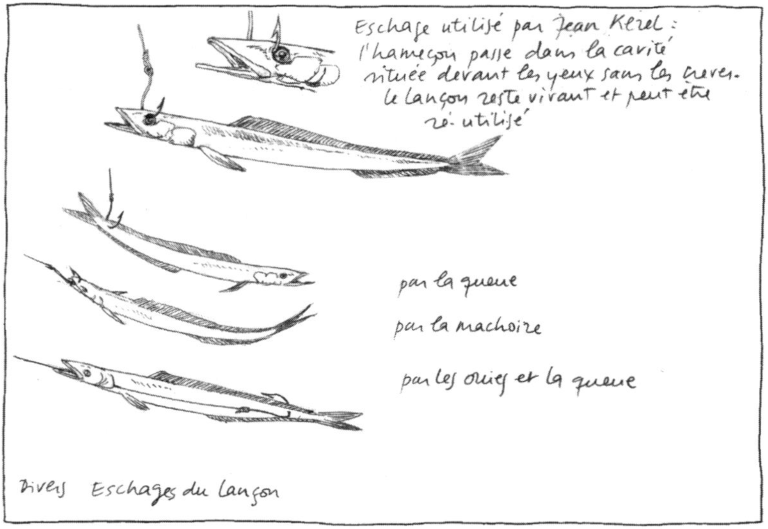

– Plus de 4 kilos ! C'est rare d'en voir d'aussi gros.

Jean Kérel remit l'enrouleur en marche. Les appâts des deux hameçons suivants avaient été dérobés sans que les bars se fassent prendre. Enfin au bout du dernier tournoyait un joli bar de 40 centimètres environ, qui devait bien faire 2 kilos. Jean Kérel l'attrapa à la main.

La ligne était maintenant entièrement remontée. Il fallait l'amorcer de nouveau. Guillaume ouvrit le vivier où les lançons nageaient dans de l'eau de mer constamment renouvelée et en saisit une demi-douzaine à l'aide d'une autre épuisette, beaucoup plus petite que la première, et il les tendit à son père. Jean Kérel accrocha délicatement un lançon au bout de chacun des cinq hameçons, remit le moteur à faible allure et laissa filer sa ligne.

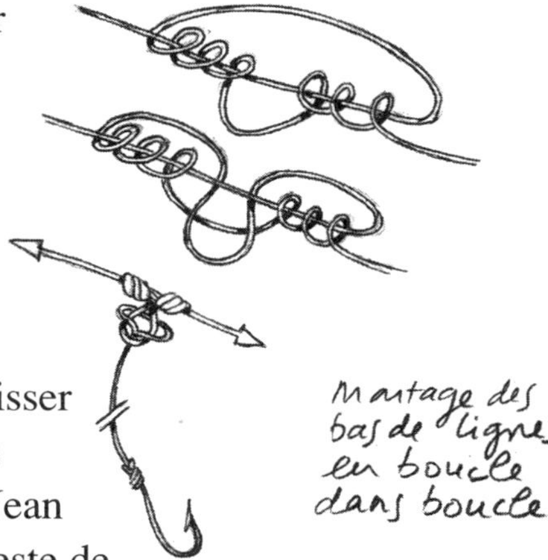

Le *Scarbo* repartit, Guillaume se dirigea de nouveau sur les goélands qui n'avaient interrompu leur propre pêche que quelques minutes pour laisser passer le bateau. Les bars étaient donc toujours là. Jean Kérel recommença son geste de semeur, de la poitrine vers le large, encore et encore. Mais pas la moindre secousse ne se produisit. Un tour pour rien. Le *Scarbo* décrivit un nouvel arc de cercle et redescendit doucement vers le phare, en traînant sa ligne dans le sens opposé à celui du courant. Cette fois, deux petits bars mordirent à l'hameçon.

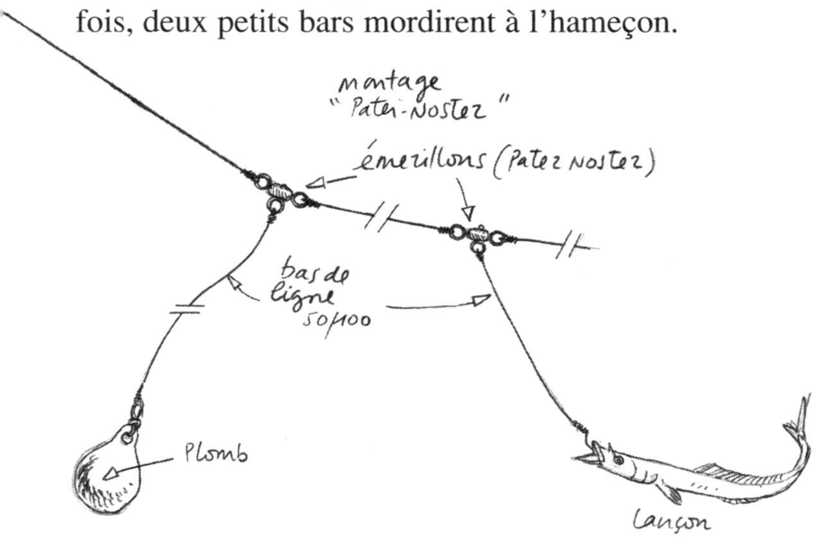

Chapitre 8

Le roi du bar

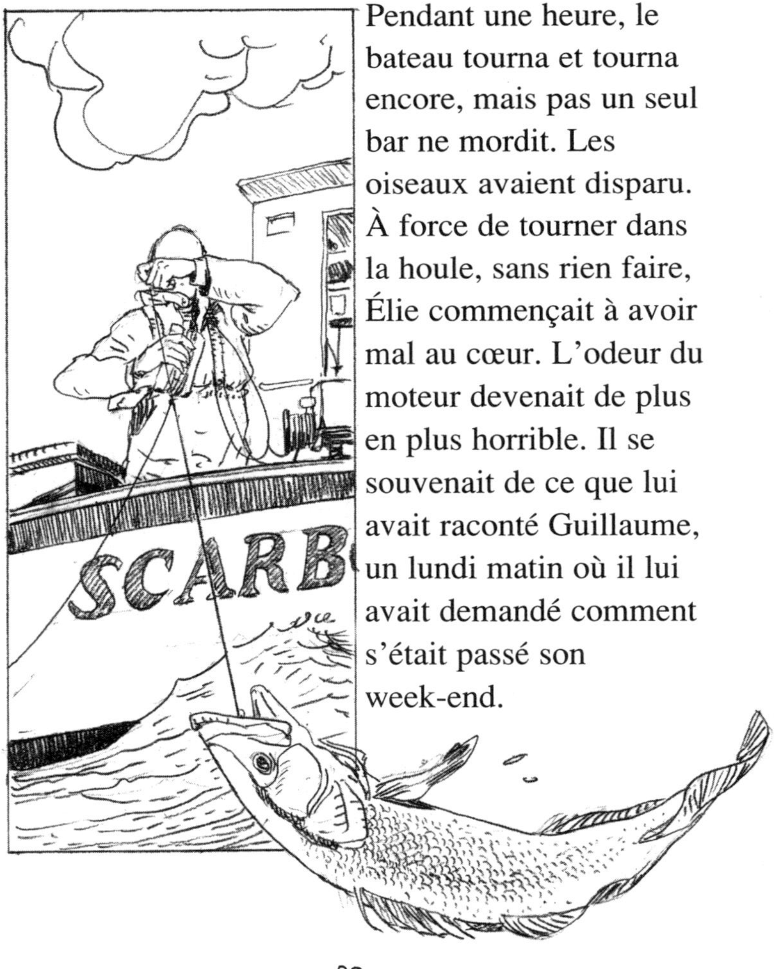

Pendant une heure, le bateau tourna et tourna encore, mais pas un seul bar ne mordit. Les oiseaux avaient disparu. À force de tourner dans la houle, sans rien faire, Élie commençait à avoir mal au cœur. L'odeur du moteur devenait de plus en plus horrible. Il se souvenait de ce que lui avait raconté Guillaume, un lundi matin où il lui avait demandé comment s'était passé son week-end.

– Pas terrible, avait répondu Guillaume, furieux et enrhumé. On est allé pêcher du lieu, il faut trois heures pour arriver sur le coin de pêche et j'ai commencé à avoir le mal de mer à mi-chemin.

– Et alors qu'est-ce que vous avez fait ? avait demandé Élie naïvement. Vous êtes rentrés ?

– Tu rigoles, mon père a continué, il a pêché pendant trois heures et on est rentrés. Tu parles d'un samedi ! Heureusement, le lendemain j'avais mon contrôle de math à préparer, je suis resté tranquille à la maison.

Élie regarda sa montre, 8 heures 30, la mer allait descendre encore pendant six heures. « Je ne tiendrai pas », se dit-il.

– Quelle heure as-tu ? lui demanda Jean Kérel en voyant son geste.

– 8 heures et demie.

– Dis donc, ça n'a pas l'air d'aller fort ?

– J'ai mal au cœur.

– Si ça ne va plus, tu prends le seau rouge dans la cabine et tu te débrouilles. Je vais aller au large voir si je trouve un meilleur coin.

Jean Kérel alluma le sondeur fixé au plafond de sa petite cabine, augmenta l'allure du bateau et se dirigea à vive allure vers un fond rocheux plus au large. La fumée du diesel s'échappait vers l'arrière et un peu de brise marine pénétrait dans les poumons d'Élie qui osa desserrer les dents.

– Guillaume, j'en peux plus, je vais vomir.

– Moi non plus. Regarde devant, je vais faire du thé.

Guillaume fit chauffer de l'eau sur le petit réchaud, attrapa deux grosses tasses accrochées par l'anse sur la paroi de la cabine, y jeta deux sachets de Lipton, versa l'eau bouillante et sucra abondamment. Il tendit une tasse à Élie, très pâle.

– J'aime pas ça.

– Bois-le quand même. Plus on a froid, plus on est malade. Mange aussi quelque chose, ça ira mieux.

Élie avala le thé et sortit deux sandwichs de son sac à dos. Il en tendit un à son copain et tous les deux mastiquèrent en silence, en espérant que leur mal de mer allait disparaître.

– Toujours envie d'être ligneur ? lui demanda Guillaume, provocateur.

– Plus que jamais, répondit Élie, saisissant la balle au bond, mais sur mon bateau, j'aurai un pilote automatique, des pantoufles chauffantes, des ventilateurs antidiesel et un distributeur de canettes de Coca.

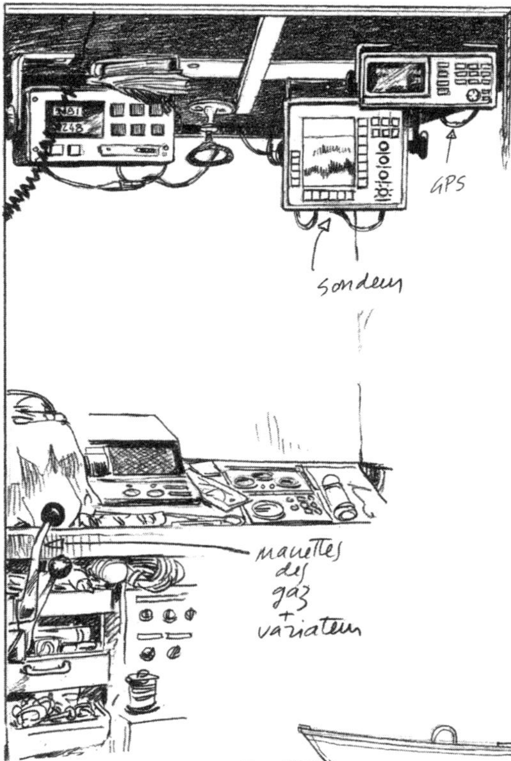

La cabine du « Scarbo » est équipée en matériel électronique : un G.P.S. (Global Positioning System) qui donne la position du navire à quelques mètres près. Un sondeur qui indique la profondeur du fond et repère les bancs de poissons. Une radio V.H.F. (Very High Frequency) qui permet de communiquer entre bateaux, d'être relié aux secours maritimes et de prendre la météo. La manette des gaz permet de moduler la vitesse du bateau à volonté.

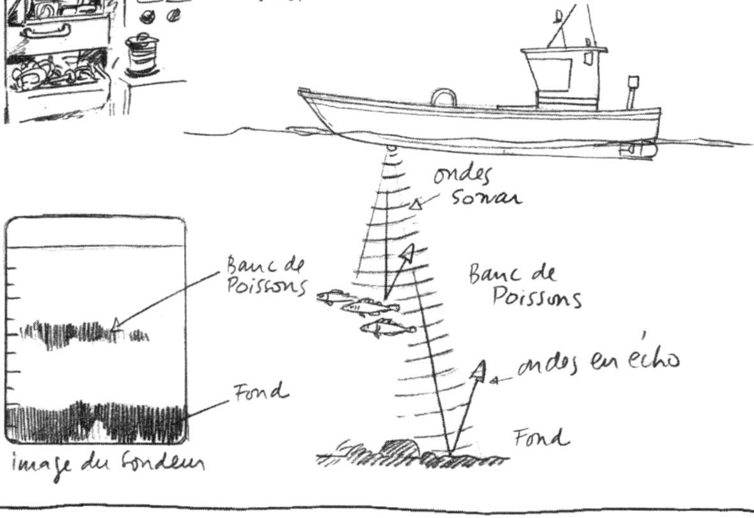

– Et madame Constant comme mousse ! ajouta Guillaume, plié en deux.

– Arrête, je l'avais oubliée.

– Et ton bulletin ? demanda Guillaume.

– Il a dû arriver ce matin.

– Comment ça va se passer ?

– Ma mère sera furieuse, elle va m'expliquer pendant une heure que je suis irresponsable et je vais devoir refaire mes exercices de grammaire et les dictées du trimestre avec elle. Le latin, de toute façon, c'est fini. Mon père va mettre mon VTT dans son atelier et me boucler pendant deux jours au moins, si ce n'est plus. Heureusement qu'on a pu sortir ce matin.

– T'as plus mal au cœur ?

– Non, c'est fini, et toi ?

– Pareil.

– C'est bon, s'écria soudain Jean Kérel, on reste là.

Le sondeur lui indiquait la présence de poissons sous forme de petites taches rouges. Jean Kérel s'arrêta et amorça de nouveau sa ligne. Le soleil avait dissipé la brume et brillait intensément. La mer était très calme car le vent était tombé. La pêche redevenait un véritable plaisir.

Soudain, un bruit assourdissant, venu de derrière le phare, se propagea sur l'eau. Un hélicoptère rouge apparut à la pointe des Poulains. Il stationna quelques instants au-dessus de la pointe et repartit plus loin, sur la côte Sauvage. Guillaume saisit les jumelles de son père qui étaient accrochées à l'intérieur de la cabine. Il les régla.

– L'hélicoptère est au-dessus de Ster-Vras, il s'immobilise, il descend un filin, il y a quelque chose au bout.

Jean Kérel et Élie fixèrent le point rouge dans le ciel.

À cause du vent puissant et des turbulences causées par le relief, le pilote doit faire très attention pour maintenir l'équilibre de son hélicoptère.

opération d'enlèvement des Big Bags.

– Qu'est-ce qu'il fait ?
– Il y a un crochet au bout du filin, il descend, il remonte quelque chose, un gros paquet.

– Passe ! cria Élie en prenant les jumelles et les ajustant à sa vue.
– C'est un sac de déchets, il remonte un sac de déchets et il s'en va.
Jean Kérel sourit :
– Ce sont probablement les pompiers de la Sécurité civile qui débarrassent les dépôts sur la côte inaccessibles pour les camions. On va les stocker au centre de l'île jusqu'à ce que le *Guédel* puisse les emporter sur le continent.
– Trop top ! cria Élie en repassant les jumelles à Guillaume.
Quelques minutes plus tard l'hélicoptère réapparut et emporta un deuxième sac.
– Tu sais où ils vont être traités ? demanda Guillaume à son père tout en suivant l'enlèvement d'un troisième sac.

– Non. À Donge, peut-être. J'espère qu'on ne les retrouvera pas un jour enfouis au Havre, comme une partie des déchets de l'*Amoco Cadiz* ! Bon, maintenant il est temps de s'y remettre, la marée continue à descendre.

Et le *Scarbo* reprit ses tours.

Tout à coup, malgré le gros cal qui s'était formé au fil des ans sur son index droit, Jean Kérel sentit une secousse plus brutale que celle d'un bar. Il se précipita sur son moteur, coupa les gaz.

– Croché ! s'exclama-t-il en tirant vivement à plusieurs reprises son fil vers le ciel.

Un hameçon s'était pris dans le fond rocheux ou dans des algues. Jean Kérel essaya de le décrocher. Il remit son moteur en marche doucement et commença à tourner lentement autour du point où la ligne était bloquée, tirant toujours énergiquement sur le fil. Peine perdue, rien ne vint. Jean Kérel s'acharna et soudain le fil cassa.

– Une ligne de perdue ! s'exclama-t-il, furieux.

Il réamorça une deuxième ligne et se remit à pêcher. Cette fois, la chance était avec lui. Le bar mordait vraiment. La grosse caisse en bois fut rapidement pleine. Guillaume et Élie la déversèrent dans les caissons rouges, qu'ils empilèrent au fond du bateau. Ils trièrent les bars par taille, les petits, les moyens et les gros. Les gros se vendraient plus de 100 francs le kilo à la criée de Quiberon, les autres un peu moins cher.

En replaçant la caisse vide près de la barre, Élie aperçut un ligneur qui s'approchait du *Scarbo*. Il reconnut l'*Alea-Jacta-Est* et agita le bras pour saluer François Samzun. Bientôt, l'*Alea* fut à portée de voix du *Scarbo*.

– Alors, ça mord ?

– Plutôt, on en a bien 30 kilos ! répondit Jean Kérel en rejetant de nouveau sa ligne. Et il est impeccable, pas la moindre odeur de mazout !

– Eh bien ! je vais rester dans le coin. Il est temps de reprendre les bonnes habitudes.

Jusqu'à la fin de la marée, les deux ligneurs tournèrent sans interruption devant la pointe des Poulains. Les bars mordaient. La mer miroitait au

soleil, elle portait au loin le ronronnement des deux moteurs et les paroles d'une vieille chanson que sifflait « le Roi du bar » en remontant une dernière ligne.

Il était 13 heures. La mer était presque basse maintenant et le poisson ne mordrait plus, la lumière était trop forte, le courant dans lequel chassaient les bars, inexistant.

– Alors Élie, ça te plaît la pêche aux Poulains ? Tu es tombé sur un bon jour, tu sais ! dit Jean Kérel en enroulant la ligne sur son morceau de liège.

– Je sais, François Samzun m'a expliqué.

– Allez, on va fêter cette bonne journée.

Jean Kérel sortit de la cabine un panier à fond plat qu'il avait rempli d'un magnifique pique-nique. Du poulet froid, des tomates avec un tube de mayo et un carton d'éclairs au chocolat et au café.

– Allez-y, mangez.

Et, tandis que les garçons se mettaient à déjeuner, Jean Kérel mit le cap sur Sauzon. En se rapprochant du port, le *Scarbo* passa près de rochers qui n'avaient pas pu être démazoutés. Ils étaient noirs et brillants, le soleil faisait fondre le fioul dont ils étaient enduits, goutte à goutte, dans la mer.

– Mais est-ce qu'un jour on en sera vraiment complètement débarrassé ? s'écria Élie.

– Si on lui laisse les moyens de se défendre, la nature rebondira, répondit Jean Kérel.

– Tu le crois vraiment ? demanda Guillaume à son père.

– Pas tous les jours. Mais quand je suis découragé, je pense au Mékong, le grand fleuve du Viêt-nam dans lequel on a balancé pendant la guerre plus de bombes que nulle par ailleurs dans le monde. Eh bien, aujourd'hui, la vie y a repris ses droits.

Bon, on arrive. Prépare tes affaires, je te débarque et je repars. Il faut encore qu'on fixe nos étiquettes « Ligneurs de Bretagne » avec le nom du bateau sur chaque poisson et qu'on les porte à la criée de Quiberon.

Avant qu'Élie ne monte sur la cale, Jean Kérel prit le gros bar gris, l'enveloppa dans du papier journal et le fourra dans le sac à dos de l'enfant.

– J'espère que ça t'aidera à faire oublier ton avertissement. Et, en juillet, pour la saison d'été, tu viendras pêcher à la canne, de notre côté, à Penthièvre.

Je t'apprendrai.

Table des matières

Pour en savoir plus

Sur la mer, les océans et tout ce qu'il s'y passe

– *Le Grand Large*, Catherine Lévesque, éditions Fleurus, 1999. Le livre contient un C.D. Les sujets d'actualité y sont particulièrement bien traités.
– *Les Mers et les Océans. Des grandes découvertes à l'écologie*, Chantal Henry-Biabaud, éditions de La Martinière Jeunesse, 2000. Très bons chapitres sur la pêche, la pollution et la navigation.
– *Mers et Océans*, collectif, collection phénix, Gallimard Jeunesse, 1997.

Pour apprendre à pêcher

– *La Pêche, le guide des jeunes passionnés*, John Bailey, éditions Hachette, 1999.
– *La Pêche*, Jean-Pierre Comby, éditions Mango Jeunesse, 1996.

Sur le pétrole

– *Du Pétrole au Plastique*, Raphaëlle Brice, collection Découvertes Benjamin, Gallimard Jeunesse, 1985.
– *L'Énergie sur notre planète*, Christine Wolfrum et Hans-Otto Wiebus, collection Découvertes Cadet/

Pour en savoir plus

Livres de l'environnement, Gallimard Jeunesse, 1995.
– *Les Trésors de notre sous-sol*, Christine Wolfrum et Hans-Otto Wiebus, collection Découvertes Cadet/ Livres de l'environnement, Gallimard Jeunesse, 1995.

Un excellent ouvrage scientifique sur les marées noires

– *Les Océans. Des Marées noires au retour de la Grande Bleue*, Henri Dupuis, Rageot Editeur, 1992.

À visiter

Maison de la Nature, rue des Remparts, Le Palais, Belle-Ile. 02 97 31 40 15.

Remerciements

L'auteur remercie Guy Thomas, Frank Wassner, la famille Hemingsen et la Maison de la Nature de Belle-Île en Mer, pour leurs chaleureux conseils.

Autres titres de la collection

LE TRÉSOR CACHÉ DE THÉOPHILE / 1
LE SORCIER DES CLOCHES / 2
LE VIEUX FOU DE DESSIN / 3
LE PUITS DU TAUREAU / 4
LES MUTINS DE L'ATALANTE / 5
PAUL, LIVIA ET LE STRADIVARIUS / 6
APPRENTIS ARCHÉOLOGUES AU ZIMISTAN / 7
GALIBETTE ET L'ARBRE SACRÉ DES ARAYAS / 8
90 MINUTES POUR GAGNER / 9
UNE LIONNE AU VILLAGE / 10
BJÖRN LE VIKING / 11
YACOUBA, CHASSEUR AFRICAIN / 12
PARFUM VOLÉ / 13
TEMPÊTES SUR UN BALEINIER / 14
SABOTAGE A LA TÉLÉ / 15
DERNIERS ESSAIS AVANT LE GRAND PRIX / 16
DERRIÈRE LE RIDEAU DE SCÈNE / 17
PREMIER GALOP / 18
LE PLUS BEAU VASE D'ULYSSE / 19
LA BATAILLE DES MARIONNETTES / 20
LULLY DE CHINE EN CHINE / 21
PIÈGE SUR LE TOUR DE FRANCE / 22
LES POMMES CHATOUILLARD DU CHEF / 23
ALEX ET MONETTE À LA CONQUÊTE DES PÔLES / 25

Loi n° 49-956 du 16 juillet 1949
sur les publications destinées à la jeunesse
ISBN 978-2-07-054324-3
Numéro d'édition: 157305
Premier dépôt légal : septembre 2000
Dépôt légal: décembre 2007
Imprimé sur les presses de l'Imprimerie Hérissey à Évreux (Eure)
Numéro d'impression: 106774